중2병은 아니고 소설가들입니다

중2병은 아니고 소설가들입니다

초판 1쇄 2026년 1월 28일

지은이 | 김승아 박창민
엮은이 | 이상직
발행인 | 한향희
발행처 | 도서출판 빨강머리앤
출판등록 | 제25100-2005-28호
주소 | 대구광역시 달서구 문화회관길 165, 대구출판산업지원센터 411호
전화 | (053) 257-6754
팩스 | (053) 257-6754
이메일 | sjsj6754@naver.com

중2병은 아니고 소설가들입니다

김승아, 박창민 지음

뻐꾸기머리해

여는 글

작품집에 여는 말을 어떻게 채워주어야 할지 고민하던 며칠이었습니다. 두 학생의 글이 더 빛날 수 있게 최대한 담백하게 적어보도록 하겠습니다.

두 학생은 '도서부원'과 '사서 선생님'의 관계로 만나게 되었습니다. 작년 1학년으로 들어온 김승아 학생과 박창민 학생은 유독 다른 학생들보다 더 '도서부원'다운 아이들이었습니다. 그 의미가 정확히 무엇이냐고 한다면 정의할 순 없겠지만 '문학을, 책을 사랑하는 마음이 남들보다 훨씬 큰 학생들' 정도로 느꼈던 것 같습니다.

이 책은 '대구광역시교육청 책쓰기 우수 작품 공모 지원'이라는 귀한 기회로 세상의 빛을 보게 되었습니다. 지도 교사로서 이 과정을 함께하며 학생들이 가진

문학에 대한 열정과 집요함을 지켜볼 수 있어서 감사한 시간이었습니다.

사실 해당 단편 소설집을 내기 전 여러 공모전에 지원도 해보았지만, 몇 번의 낙방을 맛보았고, 이 과정에서 학생들이 흥미를 잃을까 걱정하기도 하였습니다. 하지만 결국 소설을 완성해 냈고 끝내 포기하지 않고 자신만의 문장을 찾아내 작품의 완성도를 높여가는 과정은 그 자체로 한 편의 소설과도 같다고 생각했습니다.

이 책에는 가장 뜨겁고 찬란한 순간을 통과하는 청소년들의 목소리가 담겨 있습니다. 어떤 이야기는 우리가 학교에 다니며 마주칠 수 있는 '누구'에 대한 이야기를 파릇파릇하게 담고 있고 또 어떤 이야기는 창의적인 상징을 통해 우리가 사는 세상의 단면을 날카롭게 꼬집기도 합니다. 이 모든 작품의 공통점은 처음 글을 쓰기 시작하는 중학생들이 가지고 있는 투박함과 역동성, 그 속에 진솔함이 있다는 점이고, 그것이 이 작품집의 최대 장점이라고 생각합니다.

우연한 계기로 소설을 사랑하는 15세 남학생과 여학

생이 만나 한 편의 단편소설집을 낸다는 것은 꽤나 의미 있는 일이라고 생각합니다. 학생들이 출판 공모 지원에 당선되었다고 했을 때 웃는 표정으로 도서관 문을 열던 모습이 이 글을 쓰는 지금도 생생합니다. 두 친구를 보며 이 학생들은 아마 지금이 '평생필자'가 된 순간일 것이라고 생각했습니다.

학생들의 글쓰기 지도에서 교사에게 가장 필요한 것은 시범을 보이는 것도, 연습을 시키는 것도 아니라고 생각합니다. 그저 그 학생의 '독자'가 되어주는 것, 그 학생의 글을 읽고 '소감을 말해주는 것'이라고 생각합니다. 소설을 쓰는 과정에서 값진 경험을 제게 나눠준 두 학생에게 고맙다는 말을 전합니다.

처음 작품을 내는 두 작가의 거룩한 소설집을 이제 여러분께 바칩니다. 소중하게 읽어주시길 바랍니다. 감사합니다.

2026년 겨울,

지도교사 이상직

차례

그 여름날 나와 너는

김승아

무덥고 땀나고 찝찝하지만, 한편으로는 추억이었던 우리들의 여름.

더 이상 느낄 수 없게 되었지만 눈을 감으면 그 시원했던 계절과 아이들의 소리, 향기가 자연스레 나를 감싸돈다.

이제는 어떻게 붙잡을 수도 없고 멈출 수도 없는 우리의 젊음과 청춘이라는 이 시간이 너무나도 소중하다는 것을 처음으로 깨달았을 때, 내 시간은 이미 붙잡기엔 너무 멀리 가있을지도 모른다.

1

그로부터 얼마나 지났을까?

너 없이 보내는 하루하루가 얼마나 외롭고도 지루하던지.

넌 아마 모를 거야.

너의 묵묵부답에 매일이 답답하고 무료했다는 걸.

옆을 바라보면 여느 때와 다름없이 허전한 너의 빈자리는 무엇으로도 채울 수 없다는 걸 알지만 한편으로는 쓸쓸하네.

네가 내게 없다는 건 나에겐 앞으로가 없다는 거나 다름없으니까.

오늘도 어김없이 하루가 밝았다. 젠장.

내일이 없었으면 좋겠다고 하늘에 그렇게 빌어댔는데.

나는 한동안 쓸쓸하게 천장을 바라보다가 무거운 몸을 일으키고 부스스한 머리를 긁적이며 화장실로 갔다.

내 머리는 이제 천장에 닿을 듯해졌다. 어느새 이렇

게 큰 걸까. 신기할 정도다.

밥을 먹은 뒤, 교복을 단정하게 차려입고 이른 시간에 학교로 향했다.

꽃샘추위라서 바깥은 무척 쌀쌀하고 추웠다. 나는 이 시간에 나와 새벽공기를 마시는 것을 좋아한다. 머리가 새벽공기에 하얘지고 싸해지는 느낌이 좋기 때문이다.

갑자기 바람이 싸하며 불었다. 바람이 목을 베는 무서운 아침이었다. 목도리를 꺼내 목에 둘렀다. 빨간색의 따뜻한 실을 떠서 만든 두툼한 목도리였다.

할머니의 따뜻했던 손길이 목을 둘러싸는 듯했다.

나도 모르게 차가운 눈물이 볼을 타고 내려왔다.

눈물을 얼른 닦고, 잊어보려고 인지는 모르겠으나, 학교로 향했다.

바쁜 하루하루를 쉼 없이 보내다 보니, 어느덧 꽃샘추위는 가시고 모두가 기다리던 늦봄이 찾아왔다.

청춘들을 위한 계절이라는 이유로 갑자기 사랑에 빠지고들 하는 시기이다. 하지만 결국엔 모두 스쳐 가는 시절인연에 불과하지 않을까.

나는 오늘도 얼른 하루가 빨리 저물게 해달라고 하늘을 보며 기도한다.

하지만 내 기도는 매번 통하지 않았고, 오늘도 당연

한 듯 하루가 시작되었다. 인간이라는 작은 먼지 같은 존재랑은 아무 상관없이 흘러가는 시간과 저 하늘이 원망스러웠다.

매일매일 소용없는 기도를 하며 지쳐가고 있었다.

그런데 이렇게 힘들 때마다 여름이가 있었던 해맑은 그때로 돌아가고 싶다는 것이 정말 이상했다. 나는 아직도 초여름이 보고 싶은 걸까.

*

초여름이 이사 가고 난 뒤, 일주일 동안 아파서 하루 종일 방에 누워있었다.

날씨는 무지막지하게 더웠고, 이불을 덮은 내 피부는 끈적하게 녹아있었다. 물을 아무리 마셔도 갈증이 계속해서 남아도는 그런 여름날이었다.

'울 일이는 나중에 커서 훌륭한 사람이 될끼다.'

'할미가 우리 일이 대학 졸업하는 거까지는 보고 갈끼다.'

나를 향해 매일 한결같은 미소를 지어주셨던 할머니. 그리고 그 작은 키를 꾸역꾸역 높여 가며 높은 내 머리를 겨우 쓰다듬으셨던 나의 할머니. 손에는 짙은 색의 점과 알 수 없는 상처들로 가득했던 할머니의 거친 손. 아무리 매만져도 더 이상 예쁘고 따뜻하게 만들 수 없는 그런 거친 손이었다.

밖으로 나와 보니 평소 같았으면 나를 부르면서 수박을 하나 건네주셨을 할머니가 오늘은 마루 위에 아무 말 없이 누워있었다. 조용하고 고요했다.

자연스레 옆으로 가서 할머니하고 불렀지만, 대답은 돌아오지 않았다. 안아도 얼음장처럼 차갑고 그때의 따뜻했던 체온이 느껴지지 않았다.

할머니를 흔들어도 보고 계속해서 부르고 울먹여도 미동조차 없었다. 할머니는 어린 내 품에 안긴 채 조용히 세상을 떠났다.

며칠 동안 장례식이 열렸다.

우리 할머니는 동네에서 인심 좋고 마음씨 고운 할머니로 유명했다. 그랬던 할머니가 지금은 검은 액자 속의 사진으로 걸려있다.

사진 속에서도 늘 그렇듯 따뜻한 웃음을 짓고 계셨다. 내가 영정사진을 찍을 때는 어떤 표정을 짓게 될지

문득 생각이 들었다. 주변은 향초 냄새로 가득해서 어지러웠고 속은 계속해서 울렁거렸다.

끝내 밖으로 뛰쳐나가 아무도 없는 곳에서 참아왔던 울음을 터뜨렸다. 눈물은 겨울철의 난로보다 뜨거웠다. 볼살을 타고 내려올 때, 얼굴에 화상을 입을 정도였다.

"할머니..."

이제는 항상 옆을 지켜주고 영원할 것만 같았던 사람이 내 곁에 없다. 앞으로도 쭉 없을 거다. 죽는다는 건 사람을 허무맹랑하게 만든다.

대낮인데도 주변이 모두 하얗게 보였다. 내 주변은 마치 정말 대충한 어반 스케치와 같았다. 모든 걸 뱉어내고 싶었지만, 구역질만 나오고 토는 안 나왔다. 모든 것이 답답했다. 나 자신이 왜 이러는지 궁금했다.

"시간을 되돌려서 할머니를 다시 건강했던 그때로 돌아갈 수 있도록 해주고 싶어요. 하지만 이건 내가 어떻게 관여할 수 있는 부분이 아니겠죠. 저는 할머니에게 진 빚이 너무나도 많은걸요."

"빚? 이 못된 놈. 이놈의 주둥아리를 콱."

할아버지가 내 입을 주먹으로 꾹 눌렀다.

"아야. 아파요."

"살 만큼 살다 가서 더 이상 세상에 미련 같은 것도 없을끼다. 참 오래도 살았지. 그리고 빚은 무슨 빚이라꼬. 참나. 희한하다니께. 참한 자식새끼 키워본 적 없으니께 착한 손자 하나 있는 거 살아있을 때 공부시키고 밥멕일라꼬 그런거지 모."

"할머니가 보고 싶어요."

아. 눈물 나온다. 이제 안 울고 싶었는데.

"개안타. 좀 울어도 된다카니까."

할아버지는 저 멀리 하늘을 바라보고 계셨다. 오랜만에 고개를 엄청 높이 들고.

"하드 하나 물래?"

"와아."

나는 할아버지와 메론맛 아이스크림을 먹으며 내 마지막 초등학생 시절 여름방학을 보냈다. 먹던 아이스크림에서는 왜인지 계속 짠맛이 났던 것 같다.

*

종종 초여름과 처음 만났을 때를 생각하기도 한다. 비가 무지 쏟아지던 으슬으슬한 날이었다. 나는 어렸을 때부터 비 오는 날이 그렇게 싫었다.

우연히 빗물 따라 흐르는 어둑한 강가 앞에 도착했고, 그곳에는 이미 자리 잡고 노는 초여름과 동생이 있었다.

조용히 아무도 없는 것처럼 몸을 숨겨 웅크리고 불안의 눈물을 강가로 흘려보냈다.

초여름이 나를 보고는 갑자기 옆에 무심하게 앉았다. 그리고 자신의 따뜻한 온도를 내게 전달해 주었다. 무심함이 평소 같으면 이상했겠지만 왜인지 위로가 되었다.

나는 더 한참 동안 울어댔다. 괴성과 분노가 힘껏 강을 숨죽여놓았다. 초여름은 자신의 집 전화번호와 우산을 건네고 동생과 함께 뛰어갔다.

그다음 날, 초여름의 집 전화번호로 전화를 걸었다. 초여름에게 고맙다는 말을 전하지 못했기 때문이다.

한참 뚜르르 소리가 들리더니 끝내 달칵하는 소리가 귀에 울렸다. 전화기로 이야기를 주고받으며 전날 느낀 따뜻한 온도가 온몸을 타고 흘렀다.

그 후 우리는 둘도 없는 친구가 되었다.

어느 날은 여름이가 우리 집에 찾아왔다. 그러고는 내 손을 잡고 달려서 운동장으로 왔다. 여름이의 손은 따뜻하고 보송했다.

"무슨 일이야."

아침이었지만 날씨는 벌써 더웠다. 나는 자느라 붕뜬 머리를 가라앉히려고 머리를 만졌다.

"여기 엄청 큰 물 호스가 있어."

우리는 서로 눈을 마주치며 확신을 한 듯 호스가 있는 곳을 향해 뛰었다. 물 호스는 시원하게 잘 뿜어져 나왔고 그 주위는 시원해졌다. 그리고 갑자기 여름이는 또 뛰기 시작했다.

뛰면서 던지고 간 달콤한 과일 향은 사춘기 소년을 유혹하는 데 성공했다. 여름이가 다시 뛰어왔고, 호스를 그곳으로 향하게 했다. 나도 물 호스를 맞았고 물은 시원하고 차가웠다.

뛰느라 흐트러진 머리칼, 구겨진 치맛자락, 옷에서 식은 물에 찝찝하다고 이상한 소리를 내던 너. 이 모든 게 하나였던 날이었다.

슈퍼에 가서 귤과 아이스크림을 하나씩 사 먹었다. 달콤한 아이스크림이 입술에 묻어있던 물을 먹었다.

무더운 날씨를 이기지 못하고 녹아버린 아이스크림이 피부에 닿아 끈적했다. 아이스크림이 닿은 피부는 달달하고 짠 냄새가 났다.

그리고 너와 함께 까먹던 여름의 귤이 손톱에 남고

손에서 흘러넘쳐 없어질까 봐 자꾸만 조급해졌다. 그 냄새는 아무리 없애려고 해도 없어지지 않고 자꾸만 내 곁에 머물러 내 코를 시큼하고 달콤하게 찌르기만 했다.

"우리 뒷산 가볼래? 경치 엄청 좋아."

"시간이 벌써 4신데."

"얼른 갔다가 오자. 여름에는 해가 8시가 되어야 다 진다잖아."

여름이의 고집 끝에 우리는 뒷산으로 향했다. 힘들게 걸어 한참을 오른 뒤, 우리는 드디어 정상에 도착했다.

"여긴 전경이 진짜 끝내준다니까."

여름이가 하늘을 보면서 말했다.

농장과 비닐하우스가 대부분이었지만, 분주하게 저녁 식사를 준비하고 있는 평범한 가정집들이 보였고, 운동장에는 몇몇 아이들이 남아 땀을 흘리며 축구 경기를 하고 있었다.

우리는 평상 마루에 나란히 누워 저녁 하늘을 바라봤다. 하늘엔 분홍빛 노을이 있었다. 노란색도 있었고 주황색도 보였다. 내일은 무척 더우려나.

"노을 예쁘다. 사진기 가져오려 했는데."

"그냥 지금 눈에 담아놔."

우리는 한참을 멍하게 하늘만 바라봤다.

오늘도 무지 더웠지만 내일은 얼마나 더울까. 상상하면서 눈을 감았다. 평상 마루에 닿은 내 피부는 끈적했고, 빗물과 적당한 습기를 먹은 냄새가 났다.

구름이 하늘 위에서 살금살금 움직였다. 어느덧 노을은 사라지고 별 몇 개의 어두운 하늘이 되었다. 하늘이 어두워지자, 슬슬 몸을 일으켜 다시 산에서 내려왔다.

"너는 나 어떻게 생각해?"

여름이가 뜬금없이 물었다.

"좋아해."

꽉 쥐고 있었던 손은 땀으로 흥건 젖어 있었다.

"좋다고?"

"응."

우리 둘은 걷다가 걸음을 멈췄고 잠시 정적이 흘렀다. 다행히 이 어색한 정적은 풀벌레의 울음과 가볍게 부는 바람이 메워주었다.

"나도 좋아해."

순식간에 얼굴이 토마토처럼 붉어졌다. 여름이도 예외는 아니었다.

적막 같은 분위기가 흘렀다.

다행히 이번에도 곤충들의 울음소리 덕분에 그리 조

용하진 않았다.

"좋아해."

나는 바보다.

여름이는 대답 대신 웃어주었다. 우리는 손을 잡고 얼마 안 남은 산길을 함께 내려갔다.

여름이를 집까지 데려다주고는 길가에 털썩 주저앉았다. 다리에 힘이 풀렸다. 나 이런 말도 할 수 있었구나.

앞으로 당분간은 행복할 것 같다는 생각이 들었다.

다만 이번에는 일시적이지 않다면 좋을 텐데.

여름이가 이른 아침부터 집 앞에 찾아왔다. 빨리 뛰어왔는지 땀을 뻘뻘 흘리며 숨을 헉헉댔다.

"무슨 일이야?"

"내일 당장 서울로 이사 간대. 미안해."

여름이가 말이 끝나기 무섭게 울었다.

"내일 당장 이사 간다니."

나는 식은땀을 줄줄 흘리며 말했다.

"나도 부모님께 예고 없이 어젯밤에 들은 거라서. 그런데 나 이사 가면 우리 더 이상 못 보잖아."

여름이는 곧 바닥에 주저앉더니 길바닥에 누워 울어댔다.

나 역시 당황스러웠지만, 진정하고 여름이에게 말했다.

"안 가면 안 돼? 헤어지기 싫어."

왜 매번 이런 걸까. 내가 전생에 무슨 잘못이라도 했던 걸까? 왜 나한테만 이런 일이 생기게 하는 걸까. 일시적일 거면 이런 인연을 만들지 말게 해줄 것이지.

정처 없이 여름이와 뛰었다.

여러 배회와 방황 끝에 눈앞에 나타난 건 그때 물장난했던 운동장이었다. 여름이와 끈적한 팔이 부딪혔고 떼어지지 않았다. 우리는 한동안 침묵했다. 둘 다 온몸이 붉게 물든 단풍잎이 되어버렸다. 아직도 여름이 한창인데 가을에 피는 단풍잎이 되어버린 건 무슨 일이람.

"눈 감아봐."

여름이는 내 손에 반지를 끼워줬다.

"반지?"

"어제 하나 샀어."

끝내 참아왔던 눈물이 볼을 타고 흘러 내려왔다. 눈물은 뜨거운 태양에 비추어진 볼에 달궈졌다. 여름이랑 나는 안았다. 붙어있는 살갗에서 땀이 흘렀다. 여름이한테 안겨있는 어색한 자세를 취하고 있었다.

그런데, 그냥 이대로 풀려나긴 싫었다. 내 얼굴을 여름이의 얼굴에 가까이 들이댔다. 우리는 서로의 입술에 입을 맞췄다.

그 무엇보다도 갑작스러웠지만, 나의 투박한 용기가 담긴 첫 키스였다. 여름의 맛은 시원했다.

더운 여름의 절정, 짝을 찾기 위한 수컷 매미들의 울음소리와 조금이나마 불어오는 여름바람에 흩날리는 수줍은 나뭇잎들이 살랑거리는 소리, 식을 줄 모르는 우리 둘의 활활 타오르는 마음과 쨍한 햇빛들이 어우러진, 8월의 어느 더운 여름 하늘 아래에서 벌어진 일이었다. 여름이와 함께했던 여름날의 키스는 아직도 생생하다.

그리고 그렇게 싫었던 비 오는 날이 이젠 창문을 보며 기다리게 될 정도로 좋아졌다.

끈적하고 답답해 미치겠던 비 오던 날, 하늘은 암울과 울분을 토해내고 그것을 받아내기 위해 방어하는 사람들.

그 모든 것이 그저 싫었다.

하지만 너로 인해 비 오는 날이 좋아졌다.

빗물이 신발에 들어가 끈적해져도 뛰고 싶었고, 갈증이 심해져 하늘을 올려다보면 시원한 물이 내 입으로

한 모금씩 떨어지는 것도 좋았다.

그리고 내 눈앞에 나타난 건 여러 색이 어우러진 연한 무지개와 맑게 갠 하늘, 그리고 너였다.

여름이가 얼른 내 눈앞에 나타났으면. 여름이가 나를 보고 웃어주던 그 얼굴이 보고 싶다.

얼른 찾아서 같이 여름을 보내고 싶다.

2

아침이다. 몇 시지? 시계를 슬쩍 보았다. 밖은 이제 곧 해가 뜰 것 같은 미지근한 색이었다. 결국 일주일이 또다시 시작되어 버렸다.

교실 문을 열었다. 사람 하나 없는 교실은 나를 다시 우울하게 만들어 놓았다. 환기를 어느 정도 시키고 창문을 닫은 뒤 난방을 틀었다.

이제 막 책상에 앉은 그때, 아이들이 줄줄이 들어왔다.

교과서 구석에 작은 낙서를 하고 있었다. 아이스크림이 녹다가 종이까지 녹이는 그런 그림.

그런데 갑자기 난데없이 창문을 통해 차가운 바람이 불었다. 눈이 시려서인지 눈물이 볼을 타고 흘렀다.

그때도 지금처럼 뜨거운 볼을 타고 눈물이 흘렀었다. 그때와 똑같은 느낌이었다. 지금 흘리는 눈물은 시려서가 아니라 일이가 생각나서가 아닐까. 핥아먹은 눈물은 짰다.

일이는 잘 지내려나?

일이는 그 시간 동안 얼마나 답답했을까.

하지만 그때의 나를 보여주고 싶지 않았다.

아마 내가 이사 간 후로 그 일이 일어날 때까지는 일이와 연락도 주고받고 전화도 자주 했었다.

하지만, 사건이 일어났다. 아마 지금으로부터 몇 년 전이었을 거다.

*

여름은 서울로 이사 온 지 한 달, 점차 익숙해지고 있을 시기였다. 그리고 여름방학이 끝난 지금, 내일부터는 새로운 학교로 전학을 가게 된다. 평소 쓰던 사투리도 고쳤다. 새로운 교복에서는 익숙하지 않은 다른 냄새가 났다. 거울 앞에서 교복을 입은 자신이 어색하다 보니 괜히 소매만 만지작거릴 뿐이다.

부모님과 전학 절차를 마치고 교무실에서 선생님과 이야기하다가 드디어 교실로 향한다. 낯선 공간, 사람, 시간은 모두 여름을 긴장하게 만든다. 교실 문을 열고 들어왔을 때 처음 보는 아이들의 시선이 여름을 향해 쏠렸다. 그 눈이 어떤 표정을 짓고 있을지 상상이 되지 않아 차마 눈을 뜨지 못했다.

잔뜩 긴장하고 불안한 여름이는 주머니에 손을 넣는

습관이 있었다. 처음은 순탄하고 좋았다. 친구들이 여름에게 말을 걸어주고 끝나고 함께 놀기도 하고 막역지간이나 아주 다름없어 보였다. 그렇게 몇 달인가를 물 흘러가듯 고요히 흘려보냈다.

하지만 친구들과 지내다 보면 갈등은 없지 않아 일어날 수밖에 없었다. 여름에게도 그 갈등의 상황이 벌어졌다.

여름에게는 친한 친구들이 많았지만, 그중 유독 가깝게 지내고 친했던 아이가 있었다. 그 둘은 어느새 서로의 비밀과 이야기를 털어놓는 사이가 되었다.

여름은 그 친구의 말을 소문내고 다닐 생각이 없었지만, 그 아이는 아니었다. 아이는 여름의 친구들에게 자신이 했던 말들을 소문내기 시작했고, 꼬리에 꼬리를 무는 소문은 해명으로는 종잡을 수 없을 정도로 무섭게 퍼지기 시작했다.

'알고 보니까 엄청 깡촌에서 왔던데?'

'교무실에서 들었는데 부모님이 이혼하셨다는데?'

아니야. 그건 잠시 다투셔서 그런 거야. 내 말 좀 들어줘.

'뭐야. 별거 없네.'

그들의 눈은 여름이 있는 아래를 향했다. 차갑고 따

가운 시선이 온몸을 통해 전달되었다.

'아파.... 제발 그만해줘. 너무 힘들어.'

나쁜 말은 계속해서 여름을 감돌았고 이제 행복과 순조로움의 사슬에서 존재 자체가 죄가 되는 사슬을 휘감았다.

한순간에 친구들을 모두 잃었고, 여름은 자신의 잘못도 영 모른 채 반에서 겉도는 아이가 되었다. 여름은 자신의 잘못은 없다고 생각했다. 생각하면 할수록 억울하고 화가 났다.

하지만 한 번 돌려진 친구들의 등은 바라만 볼수록 더 없이 멀어졌고 붙잡을 수 없었다.

예전과는 다르게, 해맑게 웃으며 친구들과 이야기를 나누고 함께 놀았던 소중한 순간들이 파편처럼 사라지고 눈앞에 보이는 것이라고는 엎드려있는 책상의 어두움뿐이었다.

여름은 매번 아이들이 모두 하교하고 더 이상 학생들이 남아있지 않는 저녁 시간에 학교에서 나가는 습관이 생겼다.

그동안 옥상에서 시간을 보냈다. 노래를 듣는다든지, 노을이 지는 하늘을 그린다든지, 옥상에서 저 밑바닥까지의 높이를 계산해 보는 일도 했다.

자신이 교실에서 겉도는 투명 인간이 된 이후로 세상에서 사라지고 싶다는 생각도 들었다.

어느 순간부터 여름은 자신도 모르게 자기가 잘못한 것이라고 인정해 왔다. 그리고 그 잘못된 생각은 악순환의 고리를 거쳐 자신을 먹어 삼키려고 했다.

조퇴하고 결석하는 나날들이 많아졌다. 더 이상 인정 처리가 되는 결석을 못 쓰게 되자 아파지려고 했던 날도 많았다.

상한 음식을 먹어 식중독에 걸린 여름은 병원에 입원하게 되었고, 자신이 왜 이 지경까지 온 걸까 생각하며 쓴웃음을 지었다.

아플 때만큼은 불안한 생각이 들지 않았다. 그래서 더욱더 아파지려고 애썼다.

여름은 왜 또래 아이들이 일찍부터 담배를 피우는지 궁금했다. 많이 피울수록 건강에 좋지 않다고 배웠다.

하지만 친구들은 담배를 피우면 독하고 강한 맛과 연기 덕분에 머릿속에서 정리되지 않는 복잡한 생각들이 피우는 동안, 연기를 마시는 동안에는 생각이 나지 않는다고 했다.

여름은 이 정체 모를 감정을 잊고 싶어서 담배를 입에 물었다. 잘근 씹으니 이상한 가루가 자신이 혀에 떨어졌다.

아. 처음부터 이 방법을 써야 했었는데.

라이터를 통해 처음 맡아보는 불 냄새가 코를 스쳤고 연기는 독했고, 목을 통해서 처음 느끼는 쓴맛과 고약한 냄새가 들어왔다.

엄청 맛없다. 그리고 고약해. 그런데 아무 생각이 안 나.

피울 때면 저 연기 따라 감정과 갈등이 날아가 버리는 것만 같았다.

여름은 결국 자신의 앞에서 무릎 꿇고 비는 엄마 앞에서 무너지고 말았다. 담배를 피우는 것을 들켰다.

나는 도대체 어디서부터 잘못된 걸까.

아빠가 여름을 때리려고 달려들었다. 언니는 가만히 지켜보기만 했다.

엄마는 아빠를 말리다 결국엔 여름 앞에서 무릎을 꿇었다.

내가 우리 가족을 이렇게 만든 원인인 걸까.

어디서부터 망가진 거고 무너진 건지 정확한 시점조차 기억나지 않는다. 그저 연기에 정신이 혼미해져 영원히 잠들고 싶어서 도망쳤다.

담배를 한꺼번에 여러 개를 물고 피울수록 아무 생각

이 들지 않았다. 더 독하고 강한 연기와 맛 그리고 자극을 원했다.

자기 자신을 모르는 지경까지 온 지금, 계속 이러다간 진짜 망가질 것 같다는 생각이 스쳐 갔다. 그 생각은 당연히 며칠 만에 끝날 줄 알았지만 계속해서 떠올랐다.

마음 깊은 곳에서 도움을 요구하고 있었다.

피우던 담배를 끊고 공부를 다시 시작하고 '나'라는 조각 퍼즐을 맞춰나가기 시작했다.

한 번 어긋난 퍼즐 조각을 찾는 데에는 시간이 걸리고 어려웠지만 막상 끼우고 맞추다 보니 어느새 완성에 가까이 도착했다.

그리고 나는 어쩌면 이 과정을 즐기고 있었을지도 모른다.

아이들은 끝까지 여름을 원망하고 얼굴을 보여주려 하지 않았다.

마지막 얼굴은 경멸의 눈빛이었다.

절대로 두려워하지 않을 거라는 확신이 무너져 내렸다. 그들의 눈으로 생각을 읽을 수 있었다.

내가 마지막까지 바라본 것은 그들이 함께 모여있는 등밖에 없었다.

그래. 결국 너희들은 끝까지 그런 사람들이었어. 기대

했던 것은 과연 무엇이며 왜 자신을 싫어하게 되었을까.

여름은 자기가 먼저 자신을 사랑하겠다고 마음먹었다. 그렇게 자신을 사랑하고 아끼게 된 지금, 문득 일이라는 아이가 떠올랐다.

여름은 자신이 이기적이라고 생각했다.

*

어느 날이었다. 그날따라 바람이 시원해서 옥상에서 제일 높은 곳으로 올라가 경치를 바라봤다.

학교에서 바라보는 도시의 야경은 아름다웠다. 세상에 저렇게 많은 건물과 사람들이 있는데, 그들은 각자 어떤 생각과 사연들을 가지고 있을까. 그것들을 모두 볼 수 있다면 그건 너무 불행할 것 같았다. 무언가를 얻는다는 건 동시에 자신이 모르는 어떤 것을 잃는다는 거니까.

퇴근하는 차들의 경적과 사람 가득 찬 버스가 출발하는 소리, 학원을 마치고 돌아오는 학생들의 이야기 소리가 내 귀를 싸고돈다.

말소리가 듣기 싫어서 높은 곳에 올라왔는데 더 잘 들리는 이 아이러니한 상황은 뭘까.

시끄러워.

조용히 앉아 유선 이어폰을 연결해 음악을 들었다. 날씨는 낮에는 따뜻하지만, 저녁에는 아직 추웠다. 한숨을 내쉬면 내가 꾹꾹 누르고 있던 말들이 입김 따라 나오는 것 같았다.

저 너머 보이는 가정집들은 따뜻하고 온화해 보였다. 얼른 나도 따뜻한 집에 가고 싶다는 생각이 들어 계단 따라 내려왔다.

집으로 가려는 발걸음을 돌리고 정처 없이 걸었다. 남들 모두 향하는 집에 간다고 해서 이 추위와 외로움은 치유되지 않을 것만 같은걸.

계단 옆에는 또래의 고등학생으로 보이는 한 남자가 앉아 있었다. 여기 오면서 사람을 마주친 적은 없었지만, 사정이 있겠거니 하고 계단에서 내려왔다.

그러다 갑자기 생각이 스쳤다.

방금 그 남자의 얼굴은 누군가를 확실히 닮았다고. 불안감에 고개를 천천히 돌렸다. 그 남자는 나를 계속 똑바로 바라보고 있었다.

저 얼굴은 확실히 기억한다.

그리고 기억났다.

저 애는 석 일이었다.

3

봄방학이 끝나고, 드디어 새 학기가 시작되었다. 할아버지와의 상의 끝에 나는 서울의 한 고등학교에 재학하게 되었다.

다니게 될 고등학교는 내가 가고자 하는 대학의 진학률이 상당히 높았다.

공부하다 보면 아무 생각이 들지 않는다. 적어 내려가는 수식, 복잡하고 긴 과정의 나열과 지움을 통한 하나의 정답을 도출해 내는 과정. 적어도 나는 아름답다고 생각한다.

어릴 때부터 노래를 부르고 들으며 스트레스를 푸는 것을 좋아했던 나는 아무도 없는 옥상으로 올라가 조용히 노래를 들으며 밤공기 따라 소리를 냈다.

이러한 숨통이 있어야 다시 또 공부에 몰입할 수 있다고 생각한다.

노래를 듣다가 문 쪽에서 기척이 들렸다. 한 여자가 시선을 느낀 듯 뻘쭘하게 서 있었다. 느리게 고개를 돌리더니 눈이 마주쳤다.

보자마자 알 수 있었다.

나는 놀라서 무작정 여자한테 뛰어갔다.

가까이서 보니 초여름이 맞았다.

여름이도 나를 알아본 듯 놀란 눈치였다.

갑자기 학교 옥상에서 어디 있는지 행방도 알 수 없었던 여름이를 여기서 다시 마주하게 다니.

역시 사람 일은 모르는 거야.

오랜만에 마주친 여름이는 키가 그때보다 더 컸고 성숙해 보였다. 하지만 내가 가장 궁금한 건 왜 연락을 단절한 것인가.

"안녕 일아."

여름이가 먼저 말을 꺼냈고 처음 건네는 말은 어색한 인사였다.

머리카락을 넘기는 왼손에서 예전에 꼈던 반지가 안 보였다. 날 무시해 온 것도 모자라 먼저 하는 말이 인사밖에 없다는 것에 화가 났다. 꽉 쥐고 있던 주먹에서는 그때와는 다른 이유로 땀이 생기기 시작했다. 끈적하고 아무리 닦아도 없어지지 않는, 계속해서 생기는 화수분 같은 땀이.

"너 이 학교 다니지?"

"응."

"내일 다시 이야기하자."

"어? 그래."

머리를 꾸벅 숙이며 먼저 옥상에서 나왔다. 내가 기다리고 미치도록 보고 싶었던 초여름이 눈앞에 나타났다.

막상 만나면 기분이 좋을 것만 같았는데 아니었다.

지금 느끼는 이 감정은 뭘까.

개학한 지 며칠밖에 지나지 않아서 몰랐지만, 우리는 같은 학교에 재학 중이었다. 그것도 같은 반이었다.

몇 년 동안 갑자기 어느 순간부터 연락이 끊겼다. 전화를 걸어도 받지 않았고, 연락은 지금까지도 읽히지 않았다. 그리고 어제 전화를 걸었을 때는 없는 번호라고 떴다. 오늘따라 유독 보고 싶었던 네가 내 앞에 지금 나타났다. 천장 등에 비친 너는 내가 그때와는 볼 수 없었던 다른 모습을 하고 있었다. 나는 간절하고 그리웠는데 너는 아니었던 걸까?

내가 여름이에 대해 이런 감정과 생각을 하고 있었다는 걸 처음 알았다. 옥상 계단을 빠르게 내려오며 가만히 생각해 봤다.

결론은 '화'였다.

지금 다시 만나고 든 생각은 쉴 틈 없이 머리를 오갔다.

하지만 분명했던 건 지난날과 동일하게 여름이를 보면 심장이 뛴다는 거다.

이상했다.

얼굴이 붉게 물들고 손이 떨린다.

말도 더듬었던 것 같은데.

단순히 너한테 화가 나서 그랬던 걸까.

나도 내가 지금 느끼는 이 감정의 정체를 도통 모르겠어.

학교에서 본 여름이는 평소처럼 반듯한 자세로 공부하고 있었다. 친구들이 말을 걸면 웃으면서 대화를 나누었다. 그 웃음은 예전과는 사뭇 달랐다.

그때는 순수한 웃음이었다면 지금은 무언가 억지로 찌든 듯한 웃음.

말을 걸고 싶었다.

하지만 돌아올 대답을 예상할 수가 없어서 아무 말도 하지 못했다.

친구들과 웃으며 이야기를 나누는 여름이의 뒷모습을 그저 감상했다.

창문을 투과해서 들어오는 오후의 햇빛이 너를 비췄

다. 여전히 너는 어디서나 빛나는 존재구나.

그리고 너의 머리칼이 햇빛을 먹어 예쁘게 빛났다.

이는 너의 웃는 얼굴을 더 밝게 만들었다.

그때도 넌 이렇게 밝게 웃었던 것 같은데.

부드럽고 햇빛 머금은 따스한 네 머리칼을 만지고 싶었다.

집중이 잘되지 않아 도서관으로 장소를 옮겼다. 대부분 자리가 차 있어서 망설이다가 교실로 돌아가려고 했다.

"여기 앉을래?"

여름이가 자신의 옆자리에 있던 가방을 치우더니 앉으라고 의자를 툭툭 쳤다. 고개를 조용히 끄덕이고 옆으로 가서 앉았다.

"고마워."

여름이는 말없이 웃기만 했다.

책에 있는 글자가 하나도 눈에 들어오지 않았다. 옆자리에 초여름이 앉아 있다. 나는 무슨 말이라도 꺼내야 한다.

나를 잊으려고 했던 거야?

수많은 물음표에 휩싸였다.

그리고 마른침을 삼킨 뒤 말을 꺼냈다.

"왜 그동안 전화를 받지 않았던 거야?"

괜히 말했다 싶어 손으로 얼굴을 감쌌다.

여름이는 잠시 내가 말을 꺼내서 당황한 듯 망설였다.

"저기 바깥에 있는 의자 가서 얘기하자."

여름이가 먼저 앉았고 나는 한 칸 띄우고 그 옆에 앉았다.

가장 먼저 든 생각은 너한테 화가 난다는 것. 나 없이도 잘 웃을 수 있는 사람이 되었구나 너는.

나만 너를 너무 좋아하는 것 같아 부끄러웠다.

눈앞이 희미해졌고, 시야가 투명해졌다. 눈에서는 투명한 눈물이 모였고 끝내 볼을 타고 다리 위로 떨어졌다. 들키기 싫어서 교복 소매로 닦았다.

여름이는 아까부터 아무 말 없이 바닥 타일만 바라보고 있었다. 내가 아는 너는 고개를 숙인 적이 없었던 것 같은데.

너한테는 무슨 일이 있었던 거야.

"미안."

여름이가 처음 꺼낸 말은 이 말이었다.

하지만, 이 말 속에 담긴 사연을 말해주길 바랐다.

"무슨 일 있었던 거야?"

"나 너무 힘들었어."

여름이가 울었다.

밝고 웃기만 했던 너를 이렇게 만든 건 누구일까.

또 화가 났다.

나는 띄워 앉은 의자로 자리를 옮기고 여름이를 안아줬다. 준비가 되었을 때 자신의 이야기를 해줄 것만 같아서.

"내가 싫어서 그랬던 거 아니지?"

"응."

그거면 돼.

여름이가 화장실에 간 동안 가만히 높은 휴게실 천장을 보며 한숨을 길게 내뱉었다.

'초여름은 바보야.'

주머니에 손을 넣었는데 초콜릿 여러 개가 손에 잡혔다. 옛날에 같이 나눠 먹던 초콜릿을 아직도 먹고 있었네. 나만 과거에 머물고 있는 게 맞나봐. 정작 쓴웃음을 짓는 사람은 나였다.

"먹을래?"

"고마워. 나 이거 좋아하는데."

좋아하구나.

그러면 나도 좋아해.

여름이가 초콜릿을 까서 입에 넣었다. 나는 너 몰래 너를 쳐다보기 시작했다. 네가 먹는, 씁쌀하고 단내나는 초콜릿이 내 입에서도 침에 의해 녹기 시작했다.

너처럼 부드럽고 바삭했다.

먹고 나서 네 입에서 풍기던 달콤한 그 냄새가 자꾸만 나의 눈을 찔렀다.

그러곤 아마도 나를 그 냄새 속에 가두어 잠 못 드는 끈적한 밤으로 인도하지 않을까.

초콜릿에는 카페인이 적게 들어있지만, 많이 먹으면 결코 그 양을 무시하지 못한대. 그리고 카페인은 사람을 잠 못 들게 해. 넌 나의 초콜릿이었어.

영원히 잠에 빠질 것 같은 냄새로 나를 유인해 끈적한 초콜릿에 빠지게 만들어버렸어.

네가 너무 달콤하고 따뜻하고 끈적해서 나는 싫어하는 초콜릿을 자꾸만 입에 갖다 대고 싶어졌다.

*

일은 여름이 이사 가고 매일매일을 어둡게 보냈다. 외로움을 채워주던 광원이 사라졌기 때문이었다.

학교에서도 매일 엎드려서 그저 하늘만 바라봤다. 정말 우리라는 작은 존재랑은 아무 상관 없다는 듯이 흘러가는 하늘이 원망스러웠다.

매일 엎드려있고, 아무랑도 말을 섞지 않고 혼자 다니다 보니 만만하게 보는 아이들이 생겼다.

처음에는 머리에 지우개 가루를 뿌리면서 장난치다가 그 장난의 세기가 점점 더 심해졌다.

그러다 한 번은 체육 창고를 정리하다가 괴롭히던 아이들의 장난으로 갇히게 되었다.

안의 공기는 환기하지 않아 후덥지근했고 밀폐된 공간에 혼자 있다는 생각에 무서웠다.

식은땀이 흐르기 시작했고 따뜻했던 매트가 차갑게 느껴졌다. 등 뒤에서는 땀이 식어 피부에 옷이 닿기만 하면 싸늘했다. 그리고 숨이 가빠지다 쓰러지고 말았다.

그 뒤로의 기억은 없지만 일이가 수업에 오지 않자, 선생님이 찾으러 다녔고 일은 체육 창고에서 쓰러진 채로 발견되었다.

근처 큰 병원으로 옮겨졌고 며칠 만에 퇴원했다. 그때부터 밀폐된 공간에 들어가기만 하면 불안증세가 나타나게 되었다.

아이들은 벌인 일에 대한 벌을 마땅히 받고 더 이상

일이를 괴롭히지 않았다.

그리고 아무도 일이에게 먼저 말을 걸지도, 손을 내밀지도 않았다.

눈앞에 보이는 건 엎드려있는 책상의 그림자뿐.

잠을 자다 눈을 뜨고 고개를 돌리면 해가 지는 풍경을 보고 집으로 돌아갔다.

계속 이런 식으로 시간을 보내다 보니 어느 순간 마음에 공허함이 자리 잡은 것 같았다.

그렇게 아무 생각 없이 공부를 시작했던 것 같다.

처음부터 좋아했던 것도 아니었다.

어떠한 생각도 하기 싫어서 어느 한 행위에 몰두했다.

일이는 체육 창고 사건 이후로 학교에서 친구들과 말을 해본 적이 없었다.

학교가 마치면 여름이와 갔던 뒷산으로 가 해가 질 때까지 하늘만 구경했다.

그때도 이만큼이나 더웠다고 생각했다. 하지만 그때가 가장 뜨거웠을 거다. 내가 이때까지 겪은 여름을 통틀어 제일.

그러나 지금 보내고 있는 여름은 여름이가 없기에 달랐다.

그때는 시원하고 웃음이 가득했다면, 지금은 곤충과 바람의 소리도 들리지 않고 무진장 덥기만 한 여름이었다.

맛있게 먹어왔던 아이스크림에서는 그때의 단맛이 느껴지지 않았다.

그저 차갑기만 하고 아무 맛 없는 얼음을 먹는 느낌이었다.

그때 맛봤던 여름도 이 얼음만큼 시원했다.

그 여름날은 눈을 감아도 선명하게 기억났다.

일이는 여름의 빈자리를, 여름이를 생각하며 그 존재를 서서히 지워갔다.

하지만 잊기는 쉽지 않았다.

생각하면 할수록 안고 싶고, 만지고 싶었고, 키스도 하고 싶었다.

지우고 싶었지만 이미 자리 잡은 마음을 지운다고 해서 깔끔하게 완전히 지울 수는 없었다.

그렇게 여름이가 살고 있다는 서울로 이사를 갔고, 옥상에서 운 좋게 만났다.

연락하겠다고 했던 여름이는 일이의 연락을 어느 순간부터 받지 않았다.

일이는 여름이가 자신을 잊고 싶어서, 싫어해서 그런 줄 알았다.

하지만 그러한 부정적인 생각이 계속해서 들어도 믿어보고 싶었다.

매일 하고 싶었던 말을 구겨진 종이에 꾹꾹 눌러 담아 적었다.

만난다면 하고 싶은 말과 오늘 있었던 작고 사소한 일과 일상들.

지금 원하는 건 그것뿐이었다.

눈앞에 얼른 나타나 같이 얘기하고 그때처럼 여름을 보내고 맞이하는 것.

세상에 사연 없는 사람은 없다. 저마다 각자의 이야기와 생각을 가지고 하루하루를 살아간다. 그러다 자연의 법칙에 따라 운이 나쁘다면 일찍, 운이 좋다면 살 만큼 살다가 알 수 없는 세상에서 사라진다. 힘든 일은 누구에게나 생길 수 있다. 그럴 때마다 죽고 싶을 수도 있다. 그러나 죽음 앞에서 인간은 모두 나약했다. 죽는 것은 모두에게 두려운 일이다. 하지만 막상 죽으려고 하면 죽기가 무서워진다. 스스로가 자신을 죽일 수 있는 용기를 우리는 과연 가지고 있을까? 자신을 싫어하는 사람이 과연 존재할 수 있었던 걸까.

4

결국 아무 말도 못 하고 일이한테 안긴 채 울기만 하다 도서관에서 먼저 나왔다.

왜 이렇게 다시 만나게 된 걸까.

많은 생각이 머리를 스쳐 지나갔다.

머리가 또다시 미친 듯이 복잡해져 이때까지 꺼내지 않았던 담배를 다시 꺼내게 됐다.

라이터의 불 냄새가 그때처럼 코끝을 스쳤다.

그리고 익숙하게 불을 붙였다.

반가워. 나의 구호품.

“다시 꺼내고 싶지 않았는데.”

쓴웃음을 지으며 말했다.

연기는 그때처럼 나를 감쌌다.

아무리 들이켜봐도 적응이 안 되는 낯선 향기.

깨질 것 같은 머리가 진정되는 그런 냄새였다.

퀴퀴한 냄새가 목 안으로 들어왔고 오랜만에 마시는 연기는 익숙하지 않았다. 더 이상 피고 싶지 않아 남아 있는 것들도 모두 쓰레기통에 버렸다.

일이를 다시 만났다.

그때 나랑 재밌게 놀던 일이와 내가 영화의 한 장면처럼 기억났다.

계속 생각하니 머리가 아파 벤치에서 일어나 집으로 갔다.

'내가 힘들었다는 것과 내 잘못이 아니었다는 걸 일이는 이해해 줄 수 있을까?'

나도 잘 모르겠다.

학교에서 본 일이는 여느 때와 다름없이 공부하고 있었다. 그땐 몰랐지만 정말 성실하구나. 한참 동안 뒷자리에 앉아 있는 일이를 쳐다보다가 눈이 마주쳤다.

그리고 계속 보고 있었다는 걸 들키기 싫어서 빠르게 고개를 돌렸다.

갑자기 내 볼이 뜨거워졌다.

심장이 요동쳤다.

이거 그때도 이랬던 것 같은데.

잘 들리진 않았지만 일이가 작게 웃는 것 같았다.

일이는 나와 연락하지 않았던 시간을 어떻게 보냈을까?

그리고 아직 우리가 사귀는 건 유효한 건가.

오늘도 어김없이 옥상으로 올라와 해가 지는 것을 보며 그림을 그렸다.

하늘은 볼 때마다 굉장하다.

내가 이 세상에서 정말 작은 존재라는 것을 알게 해준다.

조금씩 날씨가 더워지고 있었다.

다가오는 이번 여름도 과연 일이와 그때처럼 맞이할 수 있을까?

난간에 몸을 걸치고 저 멀리서 아이들이 하교하는 것을 구경했다. 저들처럼 웃으면서 내 이야기를 누군가에게 말하기 싫었다. 그게 설령 가족 혹은 친구라도. 지난날을 잊고 새로운 친구를 깊게 사귄다 한들 그들에게 잘해줄 자신이 없었다.

운동장 농구 코트에서 운동하는 사람들을 구경하고 있었다. 친구들과 웃으며 뛰어놀고 싶었다.

그때, 잠겨있는 옥상 문을 누군가 열었다.

고개를 돌려 확인해 보니 일이였다.

무슨 일로 여길 다시 온 걸까?

몇 초 동안 눈이 마주쳤고 민망해서 둘 다 고개를 돌렸다.

“여긴 어쩐 일이야?”

내가 먼저 말을 걸었다.

“여기 오면 네가 있을 것 같아서.”

음.

맞는 말이긴 하지.

일이는 아마 내가 점심도 옥상에서 먹는다는 걸 알고 있을 거다.

오늘 점심시간, 밥을 먹으면서 하늘을 보려고 난간에 걸터앉았을 때 복도 창문을 열던 일이와 눈이 마주쳤기 때문이다.

“점심은 왜 여기서 먹어?”

“여기서 먹는 게 편해.”

한동안 정적이 흘렀다.

일이는 계단에 앉아서 하늘을 가만히 쳐다보고 있었다. 나는 그 옆에 앉아 조용히 앉아 이미 다 식어버린 도시락을 먹었다.

“다음부터는 나랑 여기서 같이 밥 먹을래?”

일이가 조용한 침묵을 깨고 말했다. 그리고 나를 한동안 말없이 계속 쳐다봤다.

두 번째 눈 마주침.

부끄러워서 바닥으로 고개를 숙였다.

"부럽다."

속으로만 생각하던 말이 밖으로 내던져졌다.

"뭐가?"

일이가 고개를 내 쪽으로 기울이며 물었다.

"네 눈은 볼 때마다 너 자신을 강하게 믿고 있다는 확신이 보여. 그래서 나는 네가 너무 부럽다고."

다시 만나고 나서 처음으로 일이의 눈을 똑바로 바라보며 길게 말했다. 말만 조금 길게 한 것뿐인데 얼굴이 뜨거워지는 건 뭐람.

해는 이미 사라졌고, 하늘은 어두워졌다. 밤공기를 맛보고 싶어서 옥상 난간 위에 올라갔다.

두 팔을 벌렸다.

먹음직스러운 공기를 다 먹고 싶었다.

입을 크게 벌리고 신나서 난간을 걸어 다녔다.

"조심해!"

일이가 소리쳤다.

괜찮아.

이미 몇 번 올라가서 숙달되었거든.

걱정하지 마.

다리가 삐끗했다.

나는 어딘가로 떨어졌고, 무릎부터 떨어져서 다리가

몹시 아팠다. 그리고 갑자기 머리가 핑하고 돌더니 너무 어지러워 눈이 감겼다.

이 느낌을 또 느끼게 되다니.

근데 이번에는 심한 것 같은데.

몸에서는 힘이 빠지고 다리가 시원했다.

시간이 조금 흐른 뒤 귀에서 이상한 기계 소리가 났다.

나는 병원 침대에 누워있었다.

주변을 둘러보니 응급실이었다.

모두가 바빠 보였고 심각한 부상을 당한 환자들이 계속해서 들어와 알 수 있었다.

한동안 멍하니 앉아 있었다.

내가 왜 여기 있는 거지.

머리에 이상한 느낌이 들어 만져보니 밴드가 붙여져 있었고 꾹 누르니 아팠다.

다리는 붕대로 감아져 있었고 움직이기가 불편했다.

저 멀리서 엄마와 일이가 간호사 선생님과 얘기하고 있었다.

일이가 나를 보더니 엄마와 함께 나한테 달려왔다.

"큰일 날 뻔했잖아. 일이 아니었으면 어쩔 뻔했어. 그러게, 왜 위험하게 옥상에 가. 아휴 속상해."

엄마가 나에게 걱정과 긴 잔소리를 늘어뜨렸다.

"이제 안 갈게."

날 바라보는 엄마의 눈을 피했다.

엄마도 알아챈 듯 말을 꾹 눌러 담은 한숨만 내쉬었다.

"약속했다. 위험한 일은 호기심이 생겨도 하지 마라."

그러진 못할 것 같아.

엄마의 휴대전화 소리가 울렸고, 회사에서 걸려 온 전화여서 잠시 전화받으러 나갔다.

어쩌다 또 일이와 둘이 어색하게 남게 되었다.

"어떻게 된 거야?"

내가 조심스럽게 물었다.

"너 정말 조심 좀 해라. 죽을 뻔했잖아. 그러게, 거길 왜 올라가?"

일이가 나한테 화를 냈다.

"미안. 또 너 걱정만 시켰네."

"다행히 바깥이 아니라 옥상 바닥으로 떨어져서 산 거야. 초여름 너. 이제부터 옥상 가지 마라."

내 이름을 불러줬다.

"너한테 정말 미안해. 그리고 이제 안 갈게."

나는 바보 같은 웃음을 지었다.

“그럼 됐다. 내일 학교는 어떻게 가려고? 이제 집에 가야 할 것 같은데.”

시계를 보니 9시가 다 되어갔다.

다리를 다시 보니 상태가 안 좋았다.

다리에 흰색 붕대가 두껍게 감싸져 있었고 움직일 때마다 아팠다.

“목발은 안 끼고 다녀도 된다는데. 정 안 되겠으면 부축해 줄게.”

일이가 내 손을 잡고 나를 일으켜 부축해 주었다.

어느새 이렇게 키가 큰 걸까.

손 예쁘고 큰 건 여전하네.

그때 나랑 비슷한 키였던 꼬맹이 일이가 맞나.

아래에서 일이 얼굴을 올려다보니 낯선 감정이 들었다.

바깥에서 엄마를 만나 일이와 함께 차를 타고 집으로 왔다.

집 안은 싸늘하고 추웠다.

넓은 집은 이 공기를 더 싸늘하고 무섭게 만들었다.

한 손으로는 주먹을 꽉 쥐고, 다른 한 손은 거실 전등 스위치를 눌렀다.

달칵.

저 초점 없는 무서운 검은 눈동자가 나를 향한다. 얼른 뛰어야 해.

"너 내가 사고 치지 말라 했지. 조용히 앉아서 니 언니처럼 공부하는 거 하나 못하냐?"

거실 전등을 켜니 술을 마시던 아빠가 무섭게 달려왔다.

엄마가 아빠를 말렸고 나는 겁에 질려 방으로 도망쳤다.

호흡이 가빠지면서 참아왔던 눈물이 펑 하고 터져 나왔다.

왜 아무에게도 사랑받지 못하는 걸까.

분명 열심히 해서 당당히 아빠에게 증명했는데.

칭찬과 인정을 얻기 위해 나를 증명해 내는 수단에 최선을 다해 몰두했다.

그러다 문득 거울을 보면 처음 보는 나의 자아를 발견하게 되었다.

더 이상 하기가 싫어졌다.

아무것도 하기 싫어.

그냥 죽고 싶었다.

지금이라도 당장 서랍장에서 밧줄을 꺼내 천장에 매

달까.

하지만 그럴 용기가 없어. 난 죽고 싶지 않다고. 내가 왜 그런 사람들 때문에 죽어 나가야 해. 암묵적인 살인마의 먹잇감이 되기 싫어.

이 모든 일의 원인이 언니한테 있다고 탓했었다. 하지만 언니의 잘못이 아니었어. 다 내가 자초하고 존재해선 안 되는데 살아있어서 그런 걸 거야.

역시 그때 죽어야 했나.

그러면 더 이상 욕을 듣지 않아도 되고 조용한 곳에 갈 수 있지 않았을까?

아무 소리 들리지 않는 고요한 곳으로 가고 싶다.

인간이 말하는 소리가 싫었다.

그 안에 담긴 속뜻을 알 수 없었다.

내 뒤에 붙어있는 저 부끄럽고 들키기 싫은 꼬리표를 떼고 싶었다.

5

오늘은 여름이와 같이 등교하기로 했다.

드디어 여름이와 중학교 때 이후로 같이 등교하게 된다.

만나면 무슨 이야기를 나눌까.

평소보다 일찍 나와 버스정류장에서 여름이를 기다렸다.

오늘 낮 최고 기온은 29도로 어제보다 높을 거다. 슬슬 여름이 오나 보네.

여름이와 내 집은 꽤 가까웠다.

여러 생각을 하면서 기다리다 보니 저 멀리 건물에서 여름이가 나오는 걸 발견했다.

어제보다는 잘 걷는 것 같았지만 불안해서 여름이한테 달려갔다.

오늘은 매일 묶고 있던 머리를 풀었다. 달콤한 냄새가 코를 찔렀다.

그리고 눈가 주변이 평소보다 더 붉었다. 혹시 울었나.

무의식적으로 여름이의 머리카락을 만졌다.

그리고 머리카락을 문지르니 따뜻했다. 너무 부드럽고 예뻤다.

여름이가 조금 놀란 것 같았다.

"가방 들어줄게."

"고마워. 일아."

여름이가 웃으며 가방을 나에게 건넸다.

그때 직감적으로 어젯밤 집에 가서 무슨 일이 있었다는 것은 아니었을까 하는 생각이 들었다.

넌 웃을 때 그렇게 억지로 웃지 않았어.

버스는 이른 시간대라 다행히 한적했다. 옆자리에 앉은 우리의 팔은 자꾸만 붙으려고 했다. 여름이의 눈치를 보다 떼어내려 했지만, 그냥 놔뒀다. 오랜만에 느껴보고 싶었어. 여름이의 감촉이 오감을 통해 전율 되었다. 부드럽고 따뜻하다.

여름이는 이제 계단도 오르고 적응해서 잘 걸어 다니는 듯했다. 친구들도 도와주는 분위기였던 것 같고.

점심시간이 다가오자, 여름이 자리로 가서 물었다. 그리고 주변을 살피다 조용히 말을 꺼냈다.

"어제 내 질문에 아직 대답 안 해줬어."

"나는 좋아. 마침 많이 싸 왔는데 나눠 먹자."

여름이가 또 그 웃음을 지으며 말했다.

이젠 더 이상 기다릴 수 없었다.

너에게 있었던 일을 알고 싶었다.

더 지체했다간 화가 날 지경이었다.

"너한테 또 물어보고 싶은 게 있어."

여름이는 내 손을 잡고 교실 밖으로 뛰쳐나가 옥상 옆 계단으로 갔다.

너 손잡고 뛰는 게 얼마나 짜릿한지 너는 알까?

너의 손은 작았고 따뜻했다.

"이젠 들어야 할 것 같아. 너한테 무슨 일이 있었는지."

여름이는 이미 알았다는 듯 잠시 생각하더니 입을 열었다.

"묵묵히 듣기만 해줘."

여름이가 웃으며 이야기했다.

나는 반사적으로 고개를 끄덕였다.

"나 그때 이사 가고 학교에서 이상한 소문이 나서 왕따당했었어. 너무 힘들었고 죽고 싶어서 죽으려고 몇 번이나 시도해 봤었어. 그런데 막상 죽으려고 하니까 쉽지만은 않더라고. 그래서 아파서 죽는 것도 시도해 보고 친구 따라 담배도 피워서 천천히 죽으려고도 해봤는데 어느 순간부터 내가 왜 그러고 있는지 이해가 안 가더라고. 그래서 마음 다잡고 그동안 놓아 온 것들 시작했어. 그리고 아빠가 학업에 관심이 많고 기대치가 높은데 매번 성적을 잘 받아와도 내가 사고만 치니까 때리려고 하더라. 결국 노력해도 나를 싫어하는 사람은 끝까지 나를 싫어한다는 걸 깨달았어. 사실 옥상에서 죽으려고 했던 생각이 없었더라면 그건 거짓말이야. 미안해. 또 너한테 걱정만 끼치고. 나 진짜 바보 같지."

여름이는 속사포처럼 말을 내뱉더니 결국 손이 떨리고 볼이 빨개지더니 소리 내어 울었다.

그때처럼 고개를 숙였다.

널 이렇게 망가지게 만든 게 도대체 뭐야.

네가 무너져 내리는 걸 본 나는 속상했다.

떨리는 내 손을 너에게 갖다가 댔다. 꽉 안아주었다.

그리고 그걸 이때까지 알고도 모르는 체한 나 자신이 원망스러웠다.

나도 나의 이야기를 여름이에게 해주었다.

둘은 서로 떨어진 뒤 외로웠고, 사랑을 갈망했다.

결국 우리 둘 다 그 시간이 힘들었던 거다.

"죽으려고 하지 마."

내가 지금 할 수 있는 건 여름이가 더 이상 죽고 싶다는 생각이 들지 않게 행복한 기억들만 생각할 수 있도록 돕는 거였다.

"이젠 살고 싶어졌어."

내가 그런 생각 들지 않게 해줄게.

"아직도 너를 좋아해."

여름이가 웃으며 말했고 그 눈에 홀린 듯 그때처럼 키스했다.

그리고 끌어안았다.

사람을 인식하면 불이 켜지는 천장 등이 꺼졌다가 켜지기를 반복했다.

"나도."

어쩌면 너보다 더 많이. 혹은 말로 표현할 수 없을 만큼.

우리가 닿은 피부는 끈적했다.

여긴 조금 더운가 보네.

내가 찾던 여름은 이 맛이었다.

맞아.

시원하고 달콤하고 아삭해.

또 먹고 싶었어.

그 어떤 것보다 부드러웠다.

딸기와 복숭아가 섞인 새로운 과일 맛이 났다.

모두가 찾는 그 흔한 아이스크림은 이제 필요하지 않아.

다시 너와 여름을 맞이할 수 있게 되어서 기뻤다.

그리고 네가 나를 믿고 이야기해 줘서 좋았다.

네가 그때처럼 순수하고 해맑은 웃음을 지어줬으면 좋겠어.

*

드디어 여름이 왔다.

무진장 덥기만 하고 지루한 여름은 지나갔고, 과거였다.

이제 내 옆엔 초여름이 있었다.

몇 년간 겪어온 모든 여름을 다 합쳐서 이번 여름은 유난히 뜨겁고 더웠다.

뉴스에서는 지구온난화 가속화로 인해 '올해 여름이 가장 시원한 여름'이라는 믿기 힘든 말을 한다.

하지만 계속해서 더워진대도 네가 내 옆에 있다는 것이 변함없다면 난 좋을 것 같아.

6

드디어 일이와 진작했어야 했던 이야기를 했다.

그리고 내가 하고 싶었던 이야기도 후련하게 다 말했다.

날씨는 완전히 여름이었다.

정말 덥고 끈적했다.

에어컨 바람은 내 뼛속을 파고들어 오는 듯 강렬했다.

하지만 밤이 되면 시원해서 그나마 다행이었다.

우연히 이야기하다 일이의 손에서 예전에 주었던 반지를 발견했다.

아직도 끼고 다닐 줄은 상상도 못 했다.

너도 그렇고 나도 서로를 생각했구나.

서랍을 열어 반지를 손에 다시 끼웠고 예뻤다.

하늘은 주황빛 노을로 물들었다.

'내일도 엄청 덥겠구나.'

일이는 노을을 보면 내일에 대해 생각하곤 했다.

이번 여름은 왜인지 시원할 것 같다는 느낌이 들었다.

약풍으로 돌려놓은 선풍기가 자꾸만 거슬리게 머리카락을 건드리는 밤이었다.

일이와 아침 일찍 만났다.

오랜만에 일찍 만나서 학교에 가기로 했다.

반지를 낀 왼손은 햇빛에 반사되어 밝게 빛났다.

일이는 이 반지가 자석 성분을 가지고 있어 손등이 가까워지면 붙어버린다는 사실을 알고 있을까?

아침부터 무더운 더위가 시작되었다.

예상대로 오늘은 엄청나게 더웠다.

교실에서는 에어컨과 선풍기를 모두 가동해 시끄러웠고, 아이들은 모두 선풍기 아래에서 바람을 맞고 있었다. 하지만 회전식으로 돌아가는 선풍기는 아이들이 원하는 방향으로만 작동하지는 못했다.

으아아아.

선풍기에 입을 가까이 대고 소리를 내면 나는 이상한 목소리였다.

내 피부는 책상에 올려놓기만 하면 닿은 부분이 끈적하게 붙어버렸다.

잘 떼어지지 않았고 끈적한 소리를 내며 떨어졌다. 그리고 땀자국이 남는다. 책도 예외는 아니었다.

매미가 시원하게 기계 소리를 뚫고 소리 내 우렁차게 울었다.

어김없이 이번에도 한결같이 들리는 매미 소리가 반가워서 작게 웃었다.

매미는 땅속에서 몇십 년을 버티다 여름이 되고 짝을 찾을 준비가 되면 올라와 그해 여름 동안 힘차게 사랑을 찾기 위해 운다. 그리고 그 소리는 귀를 강타할 정도로 강렬했다.

그렇게 긴 시간을 하나의 사랑만을 위해 버티는 매미가 대단하다는 생각이 들었다.

갑자기 어렸을 때 일이와 산에 가서 매미를 채집한 게 부끄러워졌다.

매미야. 정말 미안해.

사랑이 뭔지에 대해 알게 된 이후로 사랑하는 이들의 마음을 이해하게 되었어. 너의 사랑을 빼앗아 가버려서 미안해.

그 외의 미물들도 여름이 되면 활기차게 활동할 것이다.

어쩌면 우주 바깥에서도, 계절이 전혀 다른 남반구에서도.

이 모든 일들이 한순간에 일어날 수 있다는 것에 경

이로울 따름이었다.

일이와 도시락을 싸 와 운동장에서 같이 먹었다. 친구들이 덥지도 않냐며 핀잔을 줬지만 상관없었다.

일이와 함께 먹은 도시락은 식어도 따뜻했으니까.

네가 나와 함께 있으면 마법이라도 부리는 것처럼 시원했다.

너도 그렇게 느낀다고.

서로 없어서는 안 되는 존재였던 거야.

자연스레 시원한 손을 잡았고, 손등이 자석처럼 붙었다.

일이는 이 반지의 자석이 멀리 떨어져 있는 우리가 다시 만날 수 있게 해준 것 아니냐며 낯간지러운 말을 했다.

우리는 서로를 향한 인력을 가지고 있을지도 모르겠다고 생각했다.

원자는 양전하와 음전하가 전기적 중성을 이루어야 안정된 상태를 유지할 수 있었다.

인력은 이 안정된 상태가 되기 위해 서로 붙으려고 하는 힘을 말한다.

그리고 그 둘은 붙고 싶어서 안달이었다.

우리는 하나의 원자였다.

너와 내가 함께라서 안정적이었고 익숙했던 거였다.

우리의 사이는 인력이라는 단어 하나로 끝난 듯했다.

서로 붙고 당고 싶은 사이.

없으면 불안해서 못 사는.

너도 그렇고 나도 마찬가지로 세월 따라 어른스러워지는 것 같았다.

그때 머금고 있던 장난기는 언제 있었냐는 듯 사라지고 지금은 성숙한 청년이 네 몸에 들어가 있는 듯하다.

듬직하면서도 한편으로는 쓸쓸했다.

눈을 감으니 이 더운 여름에 이상하게 시원한 바람이 불었다.

에어컨이나 선풍기는 필요 없었다.

네가 나의 구원이었기 때문이야.

네가 가끔 춥다면 태양 같은 미소로 따뜻하게 만들어 줄게.

나는 너의 따스한 태양.

너는 나의 시원한 바람이었다.

여러 느낌이 뒤섞인 조화로운 여름이 드디어 완성되었다.

◇

“얼른 올라와. 이러다 해지겠다.”

오르막길을 힘겹게 오르던 일이 말했다.

그 뒤에서는 숨을 헐떡이며 힘겹게 올라오는 여름이 있었다.

“제발 같이 가자. 천천히 좀 걸어.”

여름은 도저히 못 버티겠기에 흙길에 주저앉고 말았다.

“네가 나보다 더 못 걷네. 역시 세월은 괜히 세월이 아니야.”

“너보단 아니거든. 먼저 간다.”

여름이 다시 일어나 일을 앞장섰다.

“여전하네.”

일은 자신의 눈앞에 펼쳐진 그곳을 감상했다.

어떻게 그때랑 똑같을 수 있을까.

시간이 몇 년 흘렀다는 건 빼고는 여전했다.

자연은 신비롭다.

여전히 여름과 일은 여름을 계속해서 함께 보내고 있었다.

둘에게 여름이란 시원한 순간이었고 두렵지 않았다.

"그때 그 하늘 그대로의 노을이야."

여름이 감탄하며 넋 빠지게 누워서 하늘을 쳐다봤다.

하늘이 그렇게도 좋을까.

"내일도 엄청 덥겠다."

일이 노을만 보면 하는 말이었다.

"덥지 않을 거야."

"어째서?"

"네가 또 마법 부릴 거잖아."

일이가 잠깐 소리 내 크게 웃더니 평상 마루에 드러누워 말했다.

그리고 시선을 내 쪽으로 기울이며 말했다.

"그래 부릴 거야. 아이스크림 먹게 해줘."

"너도 참 너다."

그때처럼 둘은 여름 하늘 아래에서 시원한 키스를 했다. 갈수록 차갑고 시원해지는 아이스크림이 신기할 따름이었다.

"바다 갈래?"

"응. 갈래."

"동해로 떠나자."

"여름에 바다라니. 너무 설레."

여름의 바다. 넓고 푸르른 바다와 하늘이 수평선을 이루어 그 길이를 가늠하지 못할 정도로 광범위한 바다. 인간을 한없이 초라하게 만들어버리는 또 다른 하늘.

모래는 자꾸만 거슬리게 발가락 사이사이를 깊고 오묘하게 파고들어 오고 이상한 비린내가 코끝을 찡하게 만든다. 하지만 물만큼은 차가웠다. 우리는 함께 바다로 빠졌다. 서로를 향해 물장구를 쳤고, 물에 젖으며 시원한 장난을 쳐댔다.

"너랑 어렸을 때 물장난하면서 논 게 생각 나. 그때도 정말 재밌었는데."

"……….."

"왜?

"결국 모든 건 기억에 불과한 과거였네."

"그게 무슨 말이야?"

"나도 재미있었다고." 일이가 도망가기 시작했다.

"석일, 거기서라!" 우리의 웃음소리가 울려 퍼졌다.

정말 좋았어. 그런데 이젠 이마저도 과거야.

음.

나는 시간이 너무 빨라서 원망스러워. 어릴 땐 그저

어른이 멋있어 보이고, 빨리 되고 싶었는데, 막상 되어 보니까 너무 힘들고 벅차더라고. 그런데, 네가 옆에 있으니까 난 괜찮아.

이상한 사람으로 여겨질 수 있겠지만 난 영원히 너랑 함께 망망대해를 헤엄치고 싶어. 도착지가 먹을 것 하나 없는 무인도라도, 이방인을 적대시하는 도시라고 해도 난 너랑 하늘을 밤새도록 바라보면서 헤엄치고 싶어.

'일아, 노을이 지고 있어. 내일은 어떨 것 같아?'

'내일도 엄청 더울 것 같아.'

'그러면 그다음 날은?'

'그날의 하늘을 봐야 알 것 같아.'

'일아, 저 파랗고 맑게 갠 하늘 좀 봐. 꼭 너처럼 밝은 것 같아.'

'눈부셔서 눈을 못 뜨겠어.'

만약 물에 빠져서 죽거나 체온이 낮아져서 죽더라도 우리 서로 부둥켜안고 있자. 그리고 조용히 저 아래 심해로 빠지는 거야. 이상해 보일 수 있겠지만 나는 너랑 같이 아름답게 죽고 싶어. 그러면 너도 그렇고 나도 죽는 게 무섭고 두렵지 않을 거야.

함께라는 전제하에.

여름을 향한 이야기 (에필로그)

△

20XX. 01. 01

가만히 있어도 나를 싸고 도는 그 시린 냉기가 싫어. 촉촉하고 생기있던 너와 내 입술마저 거친 찌꺼기로 만들어버리는, 인위적으로 따뜻해지는 겨울이 난 싫어.

그래서 빨리 여름이 오면 좋겠어. 여름은 네가 있기에 인공적이지 않잖아. 이 지겨운 겨울은 언제쯤 끝이 날까? 네가 나타난다면 내 겨울은 끝이 날텐데. 아마 영영 계속될지도 몰라. 아무리 난로를 옆에 두고, 핫팩을 손에 비벼서는 도저히 뜨거워지질 않는걸. 너무 춥고 맹렬해서 정말로 얼어 죽을지도 몰라.

싸늘하고 뼈마저 시리게 만드는 이 겨울을 지우고 사계절이 아니라 따뜻한 여름만 계속 될 수는 없는 걸까.

겨울을 없앨수는 없는걸까.

여름은 내가 덥다면 네가 가끔씩 시원하게 만들어주면 되잖아. 안그래?

어서 나에게로 와. 뜨겁고 찬란했던 과거의 여름을 다시 나에게로.

20XX.02.09

그 여리고 곱던 손이 빨개질 때까지 눈사람을 만들었던 겨울. 무서운 겨울바람에 날아갈 것만 같아. 나를 먹어 삼키려고 하는 저 괴상한 눈보라를 좀 봐. 마치 나를 빨아들여 삼키고 끈적하게 만들어버릴 것만 같은 저 괴물이 나를 무섭게 노려보는 그 겨울을 보란 말이야.

초여름.

20XX.08.16

저기 저 나무를 봐. 나무가 더위에 걸려있어. 나무가 뜨겁게 마지막 남은 햇빛과 작은 더위에 달궈지고 있잖아. 네가 더 뜨겁게 만드는데 동요하고 있어. 차가웠던 나뭇잎들이 바삭하게 튀겨지고 초록의 옷을 입고 너는 그 반사되는 햇빛에 더욱 밝게 빛나게 돼. 마치 영화관의 관객이 영화배우를 보는 것처럼. 스크린에 비치는 네 모습, 여름에는 따뜻하고 뜨거웠어.

20XX.09.01

괜히 자꾸만 고쳐 앉게 되는 자세와 엉킨 머리를 헐뜯고 옷매무새가 닳도록 만지게 돼. 그 뒤로는 자꾸만 네가 보여. 내 의식과 함께 녹아드는 네 눈빛을 햇빛은 그런 너를 조용히 굴절시키고 빛나게 하다가 밤이 되면 어두운 방랑의 하늘 한가운데 네가 우뚝 서 있어. 네가 나에게는 해이고, 달이야. 네가 있어야 나는 움직일 수 있어. 마치 어릴 때 본 하나의 인형 연극처럼. 너에 의해 나는 살아있다는 것을 느껴.

20XX.12.22

'추상적이다'의 말의 뜻을 알아? 눈으로는 볼 수 없지만 감정 따위로 느낄 수 있대. 이를테면 우리의 관계도 추상적이라고 할 수 있어. 나와 너 사이에는 눈으로는 볼 수 없지만 일종의 신호가 교류되고 있다고 난 생각해. 그 신호가 혹여나 깜빡거리거나 꺼진대도, 난 밝힐 거야. 그리고 신나게 하얀 보도블록만 밟으면서 뛰다가 너에게 갈 거야. 그러다 우리가 만나면 시간은 멈출 거야.

영원히.

저자의 말

저는 어릴 때부터 사물이나 동물을 관찰하면서 따라 그리는 것을 좋아했습니다. 이 소설의 여름이와 일이를 처음으로 만난 건 더운 여름날, 집에서 만화를 그리고 있었을 때였습니다. 이 둘을 만난 그때부터 작은 종이에 이야기를 짧게나마 써보기도 하고 그리기도 했습니다. 그때의 저는 매번 다가오지만 우리가 알아채지 못하는 여름이라는 계절에 홀리기라도 한 듯 빠져있었습니다.

중학교에 입학하고 나서 도서관에서 시랑 소설을 쓰게 해주는 수업이 있어서 신청했습니다. 평소 책을 읽는 것도 좋아하고 공모전에 내서 내 글을 다른 누군가가 읽어주면 어떨까 하는 마음이 제일 컸습니다.

처음 썼던 글은 서툴고 어설펐지만, 몇 번씩 문서에 들어가 잘못된 부분을 수정하다 보면 글이 점차 나아지고 있는 게 제 눈에 보였습니다.

하지만 '창작의 고통'이라는 말이 괜히 있는 게 아니더군요. 뒷이야기가 도저히 생각나지 않으면 글쓰기를 멈췄던 적도 있었습니다. 여러 공모전에도 내봤지만 붙거나 수상한 적은 한 번도 없었습니다. 다른 사람들이 쓴 글에 비해 제 글은 볼품없이 느껴지는 종잇조각에 불과하다는 생각이 들었습니다.

글을 다시 쓰겠다고 다짐하게 된 계기는 결국 글의 완성은 내가 하는 것임을 깨달았을 때였습니다.

수업에서 작품에 대해 다루거나 책을 읽다 보면 몇몇 작품들은 작가가 글을 쓰다가 생을 마감해 끝내 완성되지 못한 책들이 있었습니다. 자신이 더 아름답게 꾸며지기를 기다리는 책의 하나하나의 페이지들은 어떤 기분이 들까요. 그리고 과연 작가는 누군가가 대신 뒷이야기를 작성한 책이나 완성되지 못한 글을 보고 만족할 수 있었을까요? 저는 나중에 가서 후회하지 않기 위해 노트북 화면을 열었습니다. 그리고 그 옆에는 도서관에서 빌린 몇 권의 책이 놓여있었습니다.

여러 책을 읽어가며 요즘 나오는 책들의 세계관, 서술 방식, 책을 통해 말하고자 하는 바를 공부했습니다.

공부하고 나서 다시 문서를 열어보니 고쳐야 할 부분들이 정말 많이 보였습니다. 미친 듯이 타자기를 두드리고 계속해서 지우고 쓰기를 반복했습니다. 갑자기 소재와 이야깃거리가 떠오를 때도 많아서 자다가 일어나 새벽까지 글쓰기에 몰두했던 적도 많았습니다. 그렇게 지금의 이야기가 탄생했습니다.

여름이와 일이는 둘 다 상처가 많은 아이들입니다. 여름이라는 계절 아래에서 한없이 초라하고 작은, 또 이 험난한 세상을 살아가기 위해 애쓰는 아이들입니다. 비슷한 나이대의 아이들이 흔히들 겪는 친구 문제, 폭력과 담배 그리고 사랑에 관한 소재로 소설을 썼습니다. 이 소설을 통해서 험난한 시간을 보내고 있는 아이들에게 여름이에게는 일이가, 일이에게는 여름이가 있었던 것처럼 힘든 누군가에겐 도움을 건네줄 사람과 사랑이 필요하다고 말하고 싶었습니다. 저는 힘들 때마다 저를 지켜주고 도와주는 울타리 같은 가족이 있었기에 지금의 강인한 제가 있다고 생각합니다. 모든 아이가 이 울타리를 가지고 있는 것은 아닐 겁니다. 그러기에 우리는 지켜주어야 하고 먼저 나서서 도움의 손길을 내밀어야 한다고 생각합니다.

그리고 에필로그에서의 〈여름을 향한 이야기〉는 일이가 여름이를 만나지 못하는 하루하루 동안 여름이와 나누고 싶었던 자신의 처지와 이야기를 꾹꾹 담아놓은 하나의 일기입니다. 누군가와 주고받는 평범한 일상의 대화는 어떤 사람들에게는 당연하다는 듯 여겨질 수도 있겠지만 그러지 못하는 이들도 있다는 것을 전달하고 싶었습니다.

제 글을 피드백해 주신 이상직 사서 선생님 감사합니다. 선생님의 피드백 덕분에 지금의 제 글이 탄생하게 된 것 같습니다. 그리고 저를 응원해 준 친구들과 가족들에게도 고맙다고 말해주고 싶습니다. 제가 힘들었을 때 저를 도와주고 일으켜 세워준 건 아마 주변 사람들이 해준 따뜻한 말 덕분인 것 같습니다.

여름이와 일이는 우리가 모르는 곳에서, 어쩌면 가까운 곳에서 아직도 여름을 보내고 있을지도 모르겠습니다. 여름에는 아이스크림이, 겨울에는 따뜻한 초콜릿이 기다리고 있겠죠.

이 말을 쓰고 있는 지금은 가을이지만 겨울처럼 추운 계절입니다. 과연 앞으로 남은 여름은 얼마나 될까요. 모든 것에는 끝이 있는 법입니다.

꼬리잡기

박창민

실종 사건이 일어난 아파트 게시판에는 놀이터에서 꼬리잡기 놀이를 하다 실종된 두 아이 중 한 아이의 사진과 경찰에서 실종된 아이와 마지막 놀던 나머지 아이들을 찾는다는 안내문을 걸어놓았다.

그날 있었던 일은 신문엔 대형 사건이라 언급될 만큼 이슈가 될 만한 일이었다. 만 평이 넘는 아파트 단지에서 며칠 간의 수소문 끝에 아이를 찾게 되었고, 해당 아이 부모의 양해를 구할 수 있었다.

담당 수사관은 아이 앞에서 다정한 목소리로 사건과 관련하여 몇 가지 질문을 주었다. 대부분 구체적인 답변을 요구하는 질문인 탓에 고개를 절레절레하는 아이였지만

"친구의 마지막 모습은 어땠나요?"

라는 질문을 시작으로 복잡한 사건이 될 것임을 암시하는 정보를 얻을 수 있었다.

해당 답변의 내용은 다음과 같다.

"지렁이 같이 긴 꼬리를 밟았어요. 엉덩이에."

"꼬리 말하는 거니?"

"네, 밟으니까 없어졌어요."

전단지 출력을 끝낸 담당 수사관은 보고를 마치고 커피 자판기에 동전을 넣었다.

앞서 아이와의 수사 내용을 잊어버리고 보고하지 못한 탓에 함께 작성한 보고서 또한 제출하였다. 해당 보고서를 전달받은 상부에서는 7살 아이가 내뱉은 그 동화 같은 말들을 애들 장난으로 밖에 받아들였다.

이는 아이와 얼굴을 마주한 수사관에게도 마찬가지였다. 아이와 얼굴을 마주 보고, 그 내용들을 직접 듣고 메모한 담당 수사관도 처음엔 세상 온 천지가 이 일로 웃고 떠들 것으로 생각했다.

그러나 어느 순간 자신이 맡은 이 사건이 한순간에

전염병처럼 확산을 겪을 거라곤 생각지 못했다.

이후 밝혀진 놀이터 근처 트럭 블랙박스에 담긴 아이의 마지막 모습이 결정적 증거가 되었는데, 이는 모두의 입을 쩍 벌어지게 했다.

사라진 아이의 뒤통수에는 "꼬리"라는 것이 있었고 꼬리를 밟힌 아이는 잘려 나간 꼬리만을 남긴 채 흔적 없이 사라졌다.

경찰은 곧장 현장에서 잘려 나간 꼬리를 회수하였지만, 눈에 띄는 성분이나 흉기로 사용될 여지가 없는 그저 솜방망이에 불과했기에, 이 역시 수사에 아무런 도움이 되지 않았다.

가까이서 사건을 맞닥뜨리는 경찰 입장에선 머리가 쥐가 나지만, 방송국에 있어선 더할 나위 없는 특종이었다.

기자들이 몰려들었다. 그들은 사건의 경위와 꼬리의 정체에 대해 파고들 속셈이었다.

그렇게 이 일이 모르는 사람들에게 까지도 입소문을 타게 되며 사건 현장과 CCTV 자료를 오가는 수사가 진행되었다.

소식은 정말 항체 없는 전염병처럼 퍼졌다. 한번 타

게 된 입소문은 끊임없이 그들의 궁금증을 유발했다. 그러나 답은 찾을 수 없었다.

누군가는 이 사건을 그저 미제 사건 캐비닛에 묻어버리는 게 어떠냐는 의견까지도 제시했지만, 그렇게 끝내기엔 블랙박스라는 증거가 너무 명확했고, 하필이면 고화질의 영상 자료들이 언론을 통해 확산해 수사를 그만뒀을 때 발생할 언론과 대중들의 따가운 시선이 우려된 탓에 섣불리 결정할 수는 없는 사안이었다.

"꼬리잡기 놀이에 진짜 꼬리라니, 참 어린 발상이야? 요즘 세상 참 시끄러워. 우리 못 죽여서 안달이야. 안 그래?"

청장과 담당자라는 분들의 의견은 하나같이 사건을 파묻어버릴 입장이었다. 결과적으로 이 발언이 사건을 땅속 깊이 파묻히리라는 것을 예고했다.

경찰이 이토록 사실을 숨기는 데 급급한 와중, 사라진 아이의 부모님은 경찰이 아이를 납치한 범인을 밝혀내길 기다리고 있다.

어렵고 답 없는 해당 사건을 은폐시키기에 급급하던

가운데 또 하나의 사건이 터졌다.

[뉴스 : 지난 3월 ○○시 시내 중심가에서 모두가 바라보는 가운데 20대 남성이 순식간에 사라지는 장면이 포착되었습니다. 시민들에 의해 촬영된 동영상에는 인파 사이에 껴 하체 쪽에 달린 회색의 끈이 몸과 분리되자 1초도 안 되는 사이에 소멸하듯 사라지는 남성의 모습이 담겨있습니다. 해당 소식을 접하고, 대다수의 커뮤니티에서는 지난 12월, ○○ 아파트 단지 놀이터에서 꼬리잡기 놀이를 하다 실종되었던 한 아이의 사건과 동일한 형식의 사건이라는 의견이 거론되었습니다. 한창 축제 중이었던 시내 중심가에서 인파들을 호위하기 위해 배치된 경찰관들은 일제히 경찰 통제선을 설치하여 현장 수사를 진행하였지만, 커뮤니티에서 언급된 놀이터 실종 사건과 동일하게 꼬리라 불리는 솜방망이라는 무의미한 증거물밖에 회수할 수 없었습니다. 모두의 관심이 집중된 가운데, 앞으로도 수사에 상당한 난항이 생길 것으로 예상됩니다.]

시내에서 꼬리가 잘리고 소멸했다던 20대 남성의 소식은 우스꽝스러웠던 지난 사건과 달리 굉장히 심각한 말투로 보도되었다.

아파트 단지 놀이터에서 있었던 꼬리잡기 실종 사건이 발생한 지 3개월 뒤인 12월, 잠잠해질 무렵에 터져버린 사건이었다. 희생된 20대 남성의 신분 조회 결과 그저 건장한 성인 남성에 불과했고, 생전 사진을 분석한 결과 동영상에서 등장한 하체 쪽 '꼬리'는 찾아볼 수 없었다.

해당 사건은 꼬리와 관련된 앞서 실종 사건과 더불어 모두 어느 순간 예고 없이 들이닥친 일임을 받아들이게 했다. 더 큰 사실은 사람이 빽빽한 시내 중심에서 벌어진 이 사건이 단시간에 이슈로 자리매김하기 전, 비슷한 사건이 전국에서 연달아 발생했다는 것이다.

보도되는 사건이 많아지면 많아질수록 꼬리가 생긴 사람의 수와 꼬리 잘림으로 인한 인간 소멸의 빈도 또한 갈수록 많아졌다.

이때부터 경찰은 무의미한 수사를 중단하게 되고 인간의 힘으로는 막을 수 없으리라는 결론이 도출되었다.

규칙 없이 발생하는 인간 소멸은 국내가 아닌 곳에서도 마찬가지였다. 해외에서는 국내에서 수사 중단을 선언하기 한참 전부터 꼬리 달린 인간과 그렇지 않은 인간을 먼저 색출하여 격리하는 조치를 취하였다. 전염병일 것으로 생각했다.

하지만 격리라는 단순한 조치로 훗날 초자연적이라고 불릴 인간 소멸을 박멸하겠다 선언하는 행위는 어리석은 짓에 불과했다.

뒤늦게 심각성을 인지한 국내 정부도 개선된 정책을 실행하였지만, 초자연적 현상 앞에선 개선은 무의미하고 사태를 잠재울 정책이라면 존재하지 않았다.

꼬리가 달린 사람들은 계속해서 생겨났다. 주위 커뮤니티에서는 본인의 친구와 친척에게 꼬리가 자라기 시작했다는 글이 들어차 있었고, 주위에 널려있는 소멸한 사람들이 남기고 간 꼬리를 사진 찍어 올리기도 했다. 하체에 꼬리가 달린 사람의 수가 10명 중 4명을 차지할 정도로 급격한 증가 세례를 보일쯤 정책의 무의미함을 인지한 정부는 공식적인 설명문을 발표하였다.

[꼬리가 달린 사람들에 대해 설명하겠습니다. 이들은 허리 쪽에 회색 먼지떨이 형태의 '꼬리'라 부르는 것이 자라나 있습니다. 꼬리의 길이나 진하기는 나이와 체형에 따라 천차만별입니다. 꼬리는 초등 저학년 정도의 적은 힘으로도 떨어져 나갈 정도로 약하며 어떤 이유로든 꼬리가 떨어질 시 해당 사람은 소멸, 즉 사망하게 됩니다. 그 때문에 구체적인 사인은 알 수 없고, 꼬리가 잘려 나간 사람은 그저 잘린 꼬리만을 남긴 채 흔적도 없이 사라져 버립니다.

현재까지 밝혀진 사실은 위에 내용이 다입니다.

하나 더, 당부의 말씀 드리자면 소멸한 사람들의 꼬리는 가져가지 마시길 바랍니다. 꼬리는 소멸된 사람의 숫자 집계에 사용되는 유일한 수단입니다. 혹시 모르는 현상을 우려해서라도 되도록 접촉도 삼가시길 바랍니다. 하체 쪽에 꼬리가 자라기 시작한 분들은 가급적 외출을 자제하시고, 특히 많은 인파가 몰려있는 곳(콘서트장, 축제 거리, 시내 등)에 가지 마시고, 그리고 주변 사람들이 장난으로라도 꼬리를 건들지 못하도록 하십시오.]

지금 상황이 매우 심각한 상황이라도 되는 것처럼 포장해 놓은 듯한 느낌이 물씬 풍겼다.

하지만 시내에서의 20대 남성을 시작으로 꼬리는 바이러스처럼 퍼졌고, 사태는 이미 심각해진 상태이다. 게다가 정부조차 막을 수 없는 소멸을 신적인 존재가 자신들에게 벌을 내리는 것이리라 믿는 몇몇 사람들도 존재했다.

하지만 꼬리가 달린 사람들을 꼬리 인간이라 부르며 낮보는 사람들의 존재가 훨씬 영향력이 컸다. 그들은 꼬리 인간들을 사회적 약자 취급하며 꼬리 인간의 나약한 목숨줄이었던 꼬리를 약점 삶아 협박 메시지를 던지며 무릎 꿇게 하였고, 일부는 경계심을 심게 되었다.

보통 사람은 꼬리 인간을 비판하는 데에 거리낌이 없었다. 오히려 평범했던 본인들의 강함을 증명할 절호의 기회라며 괴롭힘에 동조하는 사람들이 다수 있었다. 이들은 주로 뒤통수에 꼬리 달린 겉모습이 더럽고 짐승 같다는 식으로 손가락을 서슴지 않게 올려댔다. 더 나아가 집단으로 포박하여 꼬리를 꽉 쥐는 수법으로 꼬리 인간들에게 죽음의 공포를 심어주었다.

꼬리 인간은 정말 보통 인간의 실수 하나로도 소멸할 정도로 약한 존재, 그 이상이었다. 보통 인간 사이에서는 작아서 날쌘 데다 피까지 빨아먹는 모기보다 덩치 크고 협박에 무릎 꿇는 꼬리 인간을 더 죽이기 쉽다는 얘기마저 오갔다. 그 정도로 꼬리 인간은 보통 인간엔 비할 바 되지 않는 약자로 취급받았다.

잔인하게도 뒤통수에 꼬리가 달린 모습은 꼬리 인간 자신들조차도 징그럽게 느껴질 정도로 흉측했고, 이러니 보통 인간들에게 갈굼 당하고 좋지 못한 시선을 받는 것으로 생각하여 자신을 깎아내리기까지 했다.

이러한 자학과 괴롭힘으로 생긴 정신적 스트레스에 못 이겨 꼬리를 잘라 스스로를 소멸시키는 선택을 하는 사람이 생겨나기에 이르렀다. 정신적으로나 육체적으로나 고통을 선사하는 보통 인간의 괴롭힘에 맞서려는 자는 극소수였다.

저항이 자비 없이 꼬리를 잡아 떼어 버렸다. 골목, 번

화가 가리지 않고 누가 떼었는지조차 알 리 없는 회색 털들이 의문사의 흔적처럼 모여있다.

꼬리 인간들에겐 아직 회수되지 않은 털들이 보일 때면 순식간에 새파랗게 질리며 공포에 휩싸이게 된다. 막아낼 수 없는 압도적인 힘 앞에서 그들이 느끼는 엄청난 공포는 보통 인간들의 지시에 무조건 복종하게 했다.

하지만 그렇게 소멸한 꼬리 인간의 수만큼 보통 인간의 뒤통수에 없던 꼬리가 자라나는 것으로 사라진 꼬리 인구가 충당되자, 초기에 외국에서 있었던 추측처럼 정말로 전염병일 것으로 생각하는 보통 인간들이 생겨났다.

그렇게 꼬리 인간에 대한 인식이 크게 바뀌게 되고 지역 또한 두 유형의 인간이 사는 영역으로 나눠지게 되었다.

그중에서 특히 보통 인간이 꼬리 인간을 향한 인식이 바뀌게 된 것을 계기로 보통 인간 사이에서도 두 발 달린 바이러스인 꼬리 인간을 박멸하자는 사람과 꼬리 인간을 최대한 피해 다니자는 사람, 두 부류로 나누어졌다. 어쩌다 보니 그들은 서로를 좋게 생각하지 않았다.

꼬리 인간의 완전한 박멸이 1순위 목표였던 보통 인간들은 꼬리 인간 무리를 습격하였는데, 비록 갖출 수 있는 온갖 방호복을 입고 돌아다닌다 한들, 피해 다니자는 사람들과의 거리가 멀어지게 되는 현상은 어쩔 수 없었다.

그런 탓에 꼬리를 들고 귀환하여도 돌아오는 건 환호성이 아닌 물러나라는 경멸의 목소리였다.

꼬리 인간을 박멸하고자 한 보통 인간들은 자신들이 바깥에서 들고 온 꼬리가 본인들의 용기와 지혜를 증명해 주길 바랐고, 나아가 영웅으로 환대받길 기대했었다. 하지만 오히려 감염자 취급하는 모두의 손가락질이 돌이킬 수 없는 그들을 분노하게 만들었다.

이윽고 화에 못 이긴 방호복 입은 보통 인간들이 손에 쥔 꼬리를 집어 던지는 것으로 두 보통 인간 사이에 혼란이 시작되었다. 보통 인간과 꼬리 인간, 두 갈래로만 분류되던 개념이 세 갈래로 새롭게 나눠질 정도로 그들과 그들은 경계의 대상이 되었다.

한편, 꼬리 인간에게도 변화가 찾아왔다. 보통 인간처럼 사상에 따라 두 갈래로 나뉘는 변화가 아닌 생물학적인 변화였다. 꼬리가 잘리면 사람은 소멸한다는 개념에 금을 낸 '도마뱀 인간'의 등장이었다.

도마뱀 인간들은 호칭과 같이 도마뱀처럼 꼬리가 잘려도 다시 자라나 죽지 않고 살아남을 수 있는 극소수의 인간들이었다.

도마뱀 인간의 꼬리는 잘린 시점으로부터 약 한 시간 뒤 다시 자라났다. 꼬리 인간들 또한 이 사태가 바이러스라고 생각했기에 도마뱀 인간의 꼬리가 자라나는 60분이라는 시간을 이용해 보통 인간들에게 꼬리를 전염해 버리자는 복수를 위한 아이디어를 기발하다 자찬하며 떠들었다.

하지만 도마뱀 인간들은 한 명도 빠짐없이 거부했다. 혹시라도 보통 인간들에게 자신의 정체가 드러날 가능성이 두려웠고, 꼬리가 아니어도 그들이 자신을 제거할 수단은 얼마든지 존재할 것이기에 목숨 구걸하듯 필사적으로 고개를 절레절레했다. 그러나 도마뱀 인간은 말 그대로 극소수였다. 소수가 다수의 고집을 꺾는 게 가능할 리 없었다.

그렇게 도마뱀 인간은 꼬리가 뽑힌 채 보통 인간 소굴에 던져지게 되었다. 온갖 위험에 노출된 그 한 시간은 숨만 쉬어도 지나가는 시간에 그치지 않았다. 오직 그 한 시간 동안만 보통 인간 무리 사이에서 같은 동족인 척 연기할 수 있었다. 꼬리가 다시 자라나고, 도망자 신세가 되자, 도마뱀 인간들은 모두 같은 마음으로 자신들을 이곳에 떨어뜨린 같은 꼬리 인간을 죽도록 원망하였다. 그들이 도마뱀 인간을 궁지로 내몬 이상, 동족이고 뭐고는 아무런 의미가 없었다.

그들은 애초에 하고 싶지 않던 파견을 강제로 당하게 된 셈이니까.

그렇게 복수하는 상상을 하며 숨어 다니던 도마뱀 인간의 눈에 띈 것은 방호복 차림의 보통 인간이 손에 수십 가닥의 꼬리를 꽉 쥐고 있는 모습이었다.

다음 순간 눈이 마주쳤고, 도마뱀 인간은 다수의 힘 앞에서의 무력감을 또다시 느꼈다. 방호복을 입은 보통 인간의 목적은 전염병 수류탄으로 사용할 꼬리 인간의 꼬리였다.

도마뱀 인간은 그들의 희생양으로 붙잡힌 것이다. 그런데 꼬리 인간인 줄 알고 붙잡은 사람이 꼬리가 처참히 뜯기고도 살아 숨 쉬는 모습을 보고 매우 신기해하는 모습이었다. 얼마 안 가 소멸할 것으로 예상한 보통 인간들은 과연 얼마나 버틸까를 서로 내기를 하며 도마뱀 인간이 소멸하기까지 지켜보았다.

그러나 꼬리가 다시 자라날 약 한 시간 뒤 그들은 꼬리 인간의 뒤통수에 다시 꼬리가 자라나는 모습을 보았고, 그제야 도마뱀 인간의 정체와 특이점을 꿰뚫어 보게 되었다.

그렇게 도마뱀 인간에게서 얻은 수십 가닥의 꼬리는 그 보통 인간들을 욕하는 다른 보통 인간들에게 던져졌고, 살벌하게 포박된 채 공장처럼 꼬리를 생산하던 도마뱀 인간은 고통스럽게 숨 쉬고 있다.

지금도 여전히 도마뱀 인간은 탄생 족족 바이러스 살포를 위해 보통 인간의 영역에 보내지고 있고, 대다수는 죽임을 당하거나, 납치를 당해 누에고치처럼 꼬리털을 뽑히고 있다. 그들은 양쪽 누구의 편도 아닌 존재였다. 오로지 다수의 욕구 충족을 위해 이용되는 극 중에 극인 소수에 불과했다.

신선의 8천만 원짜리 종이 한 장

박창민

지하철역이 사람으로 붐볐다. 저마다 추운 날씨에 패딩 주머니에 핸드폰만 챙긴 것인지 모두들 빈손이었다.

이들이 한마음으로 노숙이라도 준비 중인 것처럼 보여 마냥 우스꽝스러웠지만, 얼마 안 가 의심과 궁금증으로 번지게 되었다.

이토록 대중교통을 기다리는 사람이 넘쳐나는 시기는 주로 출근과 퇴근 시간 두 갈래로 나눠지는데 이때는 무려 모두가 집의 불을 끌 시간.

새벽 3시였다.

검색 결과 운행까지 종료될 시간이었는데, 기다리는 이들을 배려한다는 것처럼 3분 뒤 도착한다는 음성메시지가 들리는 듯했고 정말로 지하철이 올 것 같은 분위기가 형성되었다.

전 국민이 야근이라도 한 게 아닌 이상 이렇게 모일 이유는 찾기 어려웠다.

이런 소식을 그저 작은 모니터 화면 속 뉴스와 아나운서의 목소리로 전해 듣는 게 전부임에도 느껴지는 위화감은 결코 작지 않았다.

감히 무시할 수 없는 수준의 진지함에 압도당하기까지 했다.

다음날 같은 시간 궁금증을 참지 못해 찾아간 곳은 집 근처 지하철역이었다.

혹시나 내가 사는 동네도 그럴지 궁금해서였다. 촌이라고 불리는 작은 소도시임에도 예외는 없었다. 소도시의 소시민들이 모두 집결해 있어, 두 눈으로 봐서는 시위 준비를 직관하는 기분이었다.

주위에 이제 막 도착한 사람들은 나와 같은 구경꾼들인 줄 알았으나 차례차례 자리를 잡더니 무리에 합세했다. 몇몇 이들은 돗자리를 펼치기도 했다.

영하를 웃도는 날씨에 코를 고는 일부 사람들은 졸음을 억눌러서까지 역에 온 사람 같았다.

이런 경우가 대부분이었는지 가족 단위로 온 사람들도 말 없이 눈꺼풀을 내린 채 입김만을 내뱉었다.

그들은 홀로 멍하니 서 있는 나를 이방인 취급하는

눈치였다. 이처럼 차가운 분위기 탓에 어디 가냐고 물어보기가 망설여졌다.

그럴수록 내 감정은 목적의식이라기보단 집착에 가까워졌다.

이후 자세히 찾아보니 이들의 목적지는 모두 병원이라는 특정 공간으로 동일하다는 것을 알게 되었다.

그러나 사람들이 이렇게나 병원이라는 시설에 집착한 에데는 치료받기 위해서가 아니었다.

[뉴스: 최근 정부에서 신종 전염병으로 발생한 무질서 사태의 대응책으로 발표한 일명 "번호표 정책"으로 인해 꼭두새벽 지하철역으로 많은 인파가 몰리는 현상이 생겼습니다.

일부 SNS에 게시된 사진으로 그 모습이 전해지기도 했습니다. 넓은 지하철역에 발 디딜 틈도 보이지 않을 정도로 많은 수의 사람이 돗자리를 깔고 앉은 모습입니다. 사진 아래에는 '오늘 안에 나도 번호 뽑기 가능?'이라는 문장이 쓰여 있습니다.

기다림에 막막해져 포기하는 이들도 상당수 있어 보입니다. 하루 천 명 정도를 등록할 수 있지만 이를 위한 백신의 생산량은 터무니없이 적다는 것이 거론되고 있는 가운데, 번호표 정책이 전염병 사회에 더 큰 혼란을 초래했다는 목소리도 높아지고 있으며 전염병의 심각성은 더욱이 대두될 전망이라고 보건복지부는 밝혔습니다.]

예시로 제시된 사진 속 지하철역엔 플랫폼도 모자라 개찰구 너머까지도 사고가 걱정될 정도로 많은 사람이 몰려있었다. 전국 어디든 마찬가지였다. 그럴수록 내가 사는 곳 주변은 양호한 편임을 느꼈다. 패딩으로 녹일 수 있을 정도의 차가움 뿐이던 촌구석 역과는 차원이 다른 규모였다.

하지만 온통 병원 생각뿐인 사람들 머릿속은 모두가 거의 집착에 가까웠기에 이곳 촌에서도 예외는 아니었다.

뉴스 기사 하단에는 지역별로 나눠지는 가야 할 병원의 이름이 표 형식으로 띄워져 있었다. 지난 뉴스를 뒤늦게 되돌아보니 약 2주 전부터 지금까지 신종 전염병을 주제로 뉴스 기사에서는 말들이 많았는데, 그중에서 눈에 띈 한 가지는 치사율 20퍼센트의 불치병이라는 헤드라인이었다. 이외 다수의 뉴스에서도 신종 전염병이 무척 심각한 사태라고 기사화되고 있었다. 하나같이 셋 중 하나는 무조건 죽는 악마의 병으로 설명하고 있었다. 이 무지막지한 수치의 치사율은 그저 주사 한 대에 완치되는 잡병과는 증상 자체가 차원이 달랐다.

초기에는 감기처럼 줄곧 기침만 연발하다 이내 심각하게 심한 기침을 동반하여 폐에 구멍을 나게 해 죽음에 이른다는데, 발병 직후 죽어가는 과정이 충격과 공포였다. 또한 개발되었다던 치료제에 대해서도 환영은 커녕 비난 섞인 목소리가 컸었는데, 하루 생산량이 지역 하나에조차 공급할 수 없을 수준에 머물러있다는 것이다. 기사에 실린 글의 일부이다.

[대기 중인 인원 대비 적은 양의 치료제 생산량 탓에 새벽부터 번호표를 수령하려는 사람으로 지하철역은 만원입니다. 흐트러진 치료제 접종의 질서를, 번호표를 뽑아 바로 세우자는 번호표 정책이 도입된 첫날의 모습입니다. 신종 전염병에 대한 공포가 커지고 있는 가운데, 앞으로도 많은 인파가 몰릴 것으로 예상됩니다.]

약 2주 전 업로드 된 기사였는데, 정황상 확실하게

맞아떨어진 예측이었다. 심지어는 '인류가 겪은 최악의 전염병으로 변이될 것임에 이의 없음. 이대로 가다간 재앙'이라며 아예 공포를 조장하는 기사도 존재했다.

모니터에만 시선이 고정된 탓에 무음으로 설정해 놓은 벨소리를 인지하기까지 두 차례의 부재중 전화가 있었다. 엄마로부터의 연락이었다.

[신선 모→신선으로 연결된 통화]

신선 : 엄마 전화했어?"

신선 모 : 어, 선아. 왜 이리 전화를 안 받노? 무음이었나?

신선 : 어, 근데 왜?

신선 모 : 너 뉴스 봤나? 요즘 사람들이 새벽부터 지하철역에 모이고 있는 거 말이야

신선 : 진짜? 거기도 그래?

신선 모 : 어, 사람 진짜 많더라. 네 형한테 물어보니까 서울도 그렇단다. 전국이 다 이렇단다, 참. 너네 집도 그렇나?

신선 : 어, 집 근처 지하철역이 다 그렇더라. 나도 오늘 알았다.

신선 모 : 최근에 병 유행한다던 거 그거 때문이라던데, 백신 접종을 순서 정해서 하는 것 같더라.

신선 : 내가 뉴스 좀 찾아보니까, 접종 순서를 병원에서 정하는 것 같더라고.

신선 모 : 맞다 병원도 마찬가지란다. 그래서 엄마 외래 일정도 바꿨다 안 있나.

신선 : 진짜? 가긴 갔어? 못 간 거 아니지?

신선 모 : 어, 가긴 갔지, 근데 거기 진짜 혼잡하더라. 줄이 병원 입구에서 지하철역까지 서 있질 않나. 새벽에만 이런 거 아닌 것 같더라, 그때 낮이었는데도 사람이 그래, 많더라. 또, 외래 기다리면서 티비에서 그 전염병 얘기했었는데, 아이고 끔찍하긴 끔찍하다더라. 진짜 고통스럽고. 무섭더라. 걱정도 되고.

신선 : 어, 무섭긴 무섭더라.

신선 모 : 그런데 그거 번호표 뽑고 좀 있다 쓸 수 있다 카더라. 내 차례 왔을 때, 병 안 걸려도 뽑아놨다가 걸렸을 때 쓸 수 있다고 카던데?

신선 : 진짜? 근데 엄마 왜 이렇게 자세하게 알아? 난 전혀 모르던 건데.

신선 모 : 엄마도 함 가서 기다려 보려고. 새벽에.

신선 : 줄 선다고? 해 뜨고 나서도 한참일 텐데?

신선 모 : 치료할 수 없는 방법 그것밖에 없다고 하니까. 혹시 모르잖아. 치료제 효과는 완벽하다고 하니까. 등본 있으면 너네 아빠거랑 형 것까지 받을 수 있긴 한데, 뉴스 보니까 가족끼리 오는 사람도 많던데. 같이 가자. 엄마 혼자 기다리기 지루하다.

신선 : 알겠다. 그러자.

정확히는 앞서 세 건의 부재중 전화가 더 있었다. 그리고 네 번째 전화가 와서야 연락이 닿았는데, 세 차례나 전화를 한 만큼 무언가 큰일이 났거나 급하게 부탁할 일이 있을 줄 알았다. 큰 부탁은 아니었고, 엄마가 적적하지 않도록 줄을 같이 서달라는 부탁이었다. 같이 가자는 부탁이 그렇게 하고 싶던 말이었을까. 그래서 나는 그렇게 하자고 응답했다.

인파 속에서 종일 새치기꾼과 씨름하는 것은 싫었지만 적적하고 외로워서라는 어머니 부탁을 거절하는 게 더 싫었다. 사실은 발병 시, 무조건 죽게 된다는 뉴스 기사에서 상당한 겁을 먹어서이기도 하다.

지하철역에서 시작된 보기만 해도 막막해지는 대기 줄은 이미 한참 떨어진 광장까지 뻗어나가 새롭게 줄을 연결한 사람들로 하여금 더욱 막막함을 느끼게 했고, 이는 이제 막 도착한 내겐 시도조차 망설여지게 했다. 아예 공무원들이 정해준 대기 구역이자 모두의 산책로였던 광장은 이상할 정도로 소란스럽지 않은 인파들이 가지런히 줄을 지키고 있었다.

"와, 사람이 더 늘었네. 이거 하루는 넘게 기다려야겠는데?"

약속대로 함께 온 어머니의 표정엔 막막함이 없었다. 이처럼 동반자가 괜찮다면 나도 괜찮다. 추위 때문에 자꾸만 기침이 하셨지만, 최소한 기다림에 지쳐 힘겨워할 기색이 없으셨으니 말이다.

"엄마, 마스크 좀 껴. 나한테 감기 옮긴다."

그러곤 일회용 마스크를 들이밀었다.

독신이라 홀로 줄을 선 사람들은 꿋꿋이 버틸 수밖에 없겠지만 나 같이 가족 단위의 인원을 갖추고 온 사람들은 한 사람이 자면 나머지 사람들이 자리를 지키는 식으로 쉽게 자리를 유지할 수 있었다. 줄이 끝도 없는 만큼 질서가 무너지는 일도 한순간일 테니까.

그렇게 줄을 기다리며 아침을 맞이했다. 오랜 시간 눈을 감지 않은 탓에 두 눈이 처져 비대칭을 이루었다. 모두의 인상이 그랬다. 교대로 취침하자는 루틴을 12월 냉기 아래에서는 지키기가 어려웠다. 다들 한숨도 자지 못했다. 나도 마찬가지이다.

그리고 또다시 어두워질 시간이 되어서야 역 내에 들어설 수 있었는데, 냉난방기가 온기를 뱉어내고 있어 냉동이었던 몸이 한결 해동되었다.

"이제 한결 낫다."

"그러게, 이제 살겠다. 추워 죽는 줄 알았다."

내 말 대로 추워 죽는 줄 알았다. 동상이 걱정되는 살인 같은 추위였다. 실내기가 작동 중인 것에 다행함을 느낀다.

물론 다행뿐이겠는가. 진정한 고난과 역경은 플랫폼을 벗어난 지하철 내부에서부터였다. 역에 들어서기까지는 견고한 질서라도 갖추어져 있어 추위만 견디면 그만이었다. 하지만 그 좁아터진 깡통 내부에는 질서라곤

없이 오로지 인파뿐이었다. 매우 답답하기 그지없었다. 종일 콧물 어는 날씨 속에서 자리를 지키느라 모두가 예민해진 듯 조금의 마찰이 큰 불꽃을 일으키기 충분했다.

몸을 둘 조금의 여유 공간도 없이 붙어 있어 원치 않게 서로의 가쁜 숨소리를 주고받았는데, 그 가운데 침이 섞여 나와 무척이나 질색이었다.

모퉁이 쪽에서 도무지 끝날 기미가 보이지 않던 청년과 노인의 자리싸움은 어느새 모두의 구경거리로 전락해 있었다. 답답한 와중에도 모두가 카메라를 올리기 바쁜 상황이었다. 심지어 창문 깨지는 소리와 잦은 급정차가 차체를 양옆으로 흔들리게 한들 나는 동반자의 손을 최우선으로 사수했다. 병원에 도착했다는 안내음이 들리고 또다시 길디긴 대기 줄에 합석했다. 나중에 들어서는 모두가 질서 있게 대기할 수 있었다. 24시간 동안의 기다림으로 지칠 대로 지친 탓이다.

차례가 오고 한껏 힘 풀린 눈을 비비며 매표소 앞에 섰다. 나와 동반자의 신분을 밝히고 기계가 토해낸 영수증 크기만 한 종이를 부욱 찢었다.

신선(申善)

22세 남, 980611

[알림]
수령하신 번호는 7635로 수령 날짜 기준, 2021년 1월 3일에 지정된 병원에서 접종하십시오. 사용이 불가피하지 않으실 시 해당 번호표는 2025년 11월 22일까지 보류하실 수 있습니다.

영수증 재질이었던 번호표엔 안내 사항이 간략하게 적혀있었다. 내가 발급받은 번호는 7,635였다. 내 앞에 7천 명가량이 먼저 대기 중이란 뜻이다. 다음 순서였던 엄마가 수령한 번호표에도 같은 안내 사항이 있었는데, 번호는 423621이었다. 당시엔 7천 대 번호였던 나와 그리 차이 나지 않는 숫자로 여겼다. 60배나 차이 나는 수치임을 그땐 몰랐다는 것이다.

우리 지역에 하루당 천여 개의 치료제가 생산되어 공급된다면 나는 닷새 하고도 반나절, 엄마는 1년 하고도 반년, 내년까지 기다려야 했다. 다음 순서치고는 기계 오류가 의심될 정도로 큰 순서 차이였다. 의심으로 여길 게 아닌 기계 오류가 확실했다. 인파가 몰려 표만 뽑고 도망쳐 나오기 바빴던 어수선함 속에선 미처 인지하지 못해 상황을 이해하는데, 꼬박 하루가 걸렸다. 원하지도 않던 행운임에도 살짝은 양심에 찔리기도 했다.

현재 전국에 수천만 사람들이 이 번호표 수령 좀 해보겠다고 추운 길거리에서 노숙하고 기다리는데, 병이 없는 데다 건강하기까지 한 내가 받아도 되는 숫자일 리가 있겠는가. 그런데, 행운 이긴 완전 천운이긴 했다.

모니터 너머에서 열심히 정보를 뒤져본 바로는 현재 번호표 수령하려는 사람이 너무 많아서 인파 통제조차 겨우 유지할 정도로, 오류 관리엔 전혀 관심이 없어 보였다. 그러니까, 5일 뒤 이 표 들고 병원 가면 오류고 뭐고 주사 맞고, 완치될 수 있다는 얘기다. 아무리 생각해도 행운이었다. 양심에 구멍이 생겼지만, 그저 바늘만 한 구멍이라, 조금 엇나가는 것 정도론 아무 일 없을 것 같았다. 이 같은 뉴스의 내용이 설득력 있게 귀에 꽂혔기 때문이다. 입꼬리가 올라간다. 규정상 되파는 행위는 처벌 대상이지만, 사례들을 보니 앞자리 숫자일수록 꽤나 비싸게 거래되고 있었다. 내 나이 22살 사회초년생, 더 이상의 건강함보단 돈이 필요한 나이였다.

어머니에겐 숫자를 속임으로써 최대한 나만 알게끔 숨기고자 했다.

현재 내 7,635짜리 번호표는 오른쪽 신발 밑창에 포개어져 있다. 그리고 중고 거래 블로그에 판매 글을 게시했다.

[7635번. 7635만원에 팜, 4일 남음.]

고작 한 줄 남짓한 구체적이지 않은 판매 글이었다. 세세한 정보 구술을 자제하라는 블로그상의 지침이 있었기 때문이다. 불친절함과 반비례하게 하루도 채 안 되어 기침을 마구 뿜어내는 고객과 연락이 닿았다. 고작 수화기 너머에서 목소리를 주고받는 게 전부 임에도 끝없는 기침 소리가 하도 명확한 탓에 본능적으로 거리감이 생겼다. 이 사람 성대에 문제가 있을지는 모르겠지만, 한국어 발음에 외국인 목소리가 섞인 것처럼 어눌했고, '겨우'라는 단어가 떠오를 정도로 힘이 실린 목소리였다.

선불만 받는다는 내 말에, 충분히 의심을 해볼 수 있었지만, 고객은 조건이 어떻든 자신은 상관하지 않는다며, 심지어 원한다면 돈을 좀 더 줄 수 있다며 신발 밑

창에 깔린 그 영수증 쪼가리를 매우 간절해하는 목소리였다.

그래서 판매했다. 판매 금액은 4백을 얹힌 8천만 원이었다. 그 사람, 완전 호구였다. 사실 7천만 원에 팔 생각이었는데, 괜한 말을 해 내 맘을 바뀌게 했으니.

통장에 찍힌 천만 단위의 숫자는 통장의 물리적인 무게를 달리 느껴지게 했다. 그래서인지 무척이나 묵직하게 느껴졌다

돈이 생기자, 저절로 사치를 부리기 시작했다. 텅 빈 지갑 탓에 못 하던 게 너무 많았기

때문에, 인생 처음으로 하고 싶은 걸 다 하는 황금기로 여기며 부담 없이 즐겼다. 심지어 8천 중 절반 이상을 유흥비에 붙여 놓을 생각이었다.

이 무렵 엄마에게서 전화가 왔다. 보통이라면 해맑아야 할 "여보세요"라는 첫마디를 다소 무겁게 느낀 바 있다. 통화를 받은 당시에는 알아차리는 데 시간이 걸렸지만, 그건 분명 말 못 할 사연을 짊어진 목소리였다.

그리고 난데없이 "내가 대출을 좀 끌어 썼다."며 본론을 얘기했는데, 이유를 묻자. 인상이 썩어버렸다. 거의 사색에 가까웠다.

"선아, 말 안 한 게 있는데, 엄마 그 폐 죽는다는 병이야. 그래서 한동안 계속 기침이 심해져서 번호표 좀 사느라."

"얼마 빌렸는데?"

"8천만 원."

"뭐?"

금액을 듣고 소스라치게 놀랐다. 한두 푼이면 몰라도 저 정도의 금액은 내가 당장 손쓸 수 없는 금액이었다. 이미 2천만 원가량을 사용해 버렸기 때문이다. 손쓰기엔 팔이 너무 짧아져 있었다.

"아니 엄마, 표 뽑았잖아. 근데 왜?"

"그거, 한 1년은 넘게 기다려야 한데서. 1년은 못 버틸 것 같아서…"

"그럼, 그래서 산 거 몇 번인데?"

"7635번."

"엄마? 그거…"

"미안하다."

"아니, 그게 아니라. 그 번호. 아니, 그거… 내 꺼야."

내가 호구로 여겼던 내 고객은 나의 엄마였다. 병에

걸려 그 누구보다 번호표가 간절했을 환자이고, 가족이었다. 왜 말을 안 했을까. 한 달만 빨리 얘기했더라면 전부 좋게 끝났을 텐데. 이 같은 사실을 숨기고 살았을 지난 한 달에 꽤나 화가 나고 답답함을 느끼기까지 했다. 도대체 왜? 나를 걱정시키고 싶지 않으셨던 걸까. 그게 엄마 목숨보다 중요한가, 젠장. 그러는 나는 왜 부모님이었던 고객에게 이름조차 묻지 않은 걸까? 어눌했던 목소리에 일말의 미동조차도 있었더라면 지금 느끼는 감정이 조금은 가벼웠을 텐데...

기침이 멎은, 수화기 너머에선 더 이상의 병든 목소리가 느껴지지 않았다. 하지만 병들었던 목소리와 비교해 보아도 그것은 확실히 엄마의 목소리가 맞았다. 이 미세한 차이조차 극복하지 못할 정도로 효놈이 아닌 게 바로 나였다. 나는 엄마의 계좌로 남은 6천만 원을 모두 송금했다. 절대 죄선이라고는 생각하지 않는다.

며칠 뒤 나는 기침을 연발했다. 이젠 좀 진지해지자는 의사로부터 기관지가 미친 듯이 부어올랐다는 진단을 받게 되었다. 기관지가 병들었다는 진단서대로 목부터 가슴까지 무척이나 아팠고, 기침 소리도 무척이나 요란스러웠다. 나는 아무렇지 않다. 어머니로부터 옮았다 한들 가족을 무슨 구실로 미워하겠는가. 무엇보다 아직 팔팔한 청년인 내가 고작 몹쓸 병 하나에 죽기까지 하겠는가? 절대 그렇지 않을 것이다. 분명 아무 일 없을 것이다.

저자의 말

저는 초등학생 때 무색무취에 약간의 색이 칠해진 지금과는 다른 확실히 물 빠지고 구멍 뚫린 학생이었습니다. 심심하면 항상 핸드폰을 꺼냈고, 친구와 노는 것에도 별 재미를 느끼지 못했죠. 심지어 말 잘 안 듣고 사고까지 치는 존재라 주위 사람들에게 고개 숙여도 모자랄 짓을 많이도 했죠. 그러다 5학년 때 비로소 느꼈던 제 내향적인 성격과 도움 없이는 아무것도 하지 못했던 무능함은 늘 제 자존심과 자존감을 90도 휘게 만들었습니다. 이때까지만 해도 내일은 괜찮으리라, 늦어도 내년까진 고쳐지리라 생각하며 스스로를 다독였습니다. 하지만 저는 뼛속까지 극 I 성향이었던 모양입니다. 이런 걱정과 수난은 결국 중1 시험 기간에도 제 발목에 추를 매달아 자꾸만 신경 쓰이게 했습니다. 공부에 전념해야 했는데 말이죠. 무엇보다 시험을 망쳐서 수학은 기초반까지 들어간 제게 자랑하거나 자부심을 가질만

한 특기 따윈 존재하지 않았다는 현실이 저의 정신을 더욱 마모시켰습니다.

그러다 어느 순간 저는 좀 더 빨리 느꼈어야 할 "현타"라는 것과 마주했습니다. 치욕스러웠죠. 그때 저는 당장은 아니어도 언젠가는 버릇을 고쳐야겠다고 마음을 고기 다지듯 잘게 다졌습니다. 그리고 이날이 제가 처음 노트 앞에 앉아 2시간가량 이야기를 써내려 나간 순간이었죠. 우려했던 것과는 달리 다져놓은 마음가짐은 생각보다 바삭하게 튀겨졌습니다. 아주 만족스러운 결과물이었죠. 문단 구분, 띄어쓰기, 단어의 선택, 내용, 눈이 높아진 지금 보기엔 삼류 소설에도 끼지 못할 이야기에 불과했지만, 그때의 저는 생각보다 만족했습니다. 글을 마치고 부모님과 동생에게 노트를 들이밀기까지 했었죠. 사람에겐 저마다 잘하는 것이 존재한다고들 하죠. 누군가는 악기를 잘 다루고, 누군가는 어려운 운동을 잘하고, 누군가는 사진을 잘 찍고, 누군가는 그 사진 속 풍경을 붓과 물감으로 표현해낸다 하죠. 저는 글쓰기를 좋아하고 잘한다는 것을 찾아낸 것입니다. 그런 저와 손잡은 이상 현재 수준에 만족하지 않고 더욱이 갈고 닦는 태도가 중요하겠죠. 그래서 저는 아직 보완할 점이 넘쳐흐르는 저를 제대로 갈고 닦아보기 위해

‘꼬리잡기’와 ‘신선의 8천만 원 짜리 종이 한 장’이라는 제목의 소설을 가지고 이번 공모전에 참가하였습니다.

중 하나인 소설 꼬리잡기의 배경은 꼬리가 잘리면 소멸, 즉 사망하는 꼬리 인간이 등장한 사회가 어떻게 두 인간으로 분리되고, 왜 서로를 미워하는가에 대해 서술되어 있습니다. 두 번째 소설인 ‘신선의 8천만원 짜리 종이 한 장’은 소중한 사람 앞에서 묽어지는 주인공의 욕망을 그려낸 소설입니다.

소설을 즐겨 쓴 지 2년이 지난 지금도 제가 2년 전, ‘어쩌다 글쓰기 좋아하는 저와 만나게 되었지?’ 하고 생각해 보곤 합니다. 이번 공모전이 지금보다 훨씬 빛날 미래의 나와 만나는 지름길이 되길 바라며 앞으로도 오래 고민해보고 쓰겠습니다.

제가 쓴 소설을 적극적이게 검토해 주시고 이상직 사서 선생님과 하루하루 내게 관심을 가져준 친구들에게 진심으로 고개 숙여 감사드립니다. 모두가 응원해 준 덕에 제가 끝까지 글쓰기를 마무리할 수 있었습니다. 고맙습니다.